MAREN
FRIEDLAENDER

Der Löwe Gottes

Roman

VON LIEBE, SCHULD UND SÜHNE Dies ist die Geschichte von Ariel, dem Löwen Gottes. Und es ist die Geschichte einer großen Liebe, die eine Zuhörerin braucht.

Sie irrt deprimiert im Kaufhaus umher und sucht einen Lippenstift, einen Farbtupfer für ihr trauriges Gesicht. Da sieht sie Ariel. Sie folgt seinem Wunsch, ihm zuzuhören. Ariel erzählt ihr seine Geschichte, die eines 1939 geborenen jüdischen Jungen, dessen wohlhabende Eltern mit dem Kind durch die Welt vagabundieren, während die Nazis in Deutschland morden. Der Vater, ein deutscher Jude, heiratet eine Äthiopierin. Kein guter Zeitpunkt für die zwei jungen Liebenden. Ariels Vater will nicht mehr Opfer sein, stirbt bei seinem Einsatz für den britischen Geheimdienst und wird zum Helden. Den Sohn Ariel holt die Geschichte ein. Er wird zum Nazi-Jäger, zum Rächer. Ein Versprechen, das er seinem Großvater gibt, zwingt ihn zu einem letzten mörderischen Auftrag.

Dies ist die Geschichte von Vergangenheit, die nie vergeht.

© privat

Maren Friedlaender, in Kiel geboren. Journalistin beim ZDF, Studium der Psychologie, Kommunalpolitikerin. Mit dem Fahrrad erobert sie ihre Wohnorte: Hamburg, Wiesbaden, Berlin, Köln. Die Entdeckung der Städte durch das Unterwegssein in verschiedenen Welten: schreibend, aber auch aktiv in der Politik; für einige Jahre Mitglied des Kölner Kulturausschusses. In dem Roman »Der Löwe Gottes« verarbeitet sie das Schicksal der Emigration ihrer jüdischen Familie, die während der Nazi-Zeit und des Krieges in Liechtenstein ausharrte und sich danach für ein vereintes Europa engagierte. Es sind die in Jahrzehnten am Familientisch ausgetauschten Geschichten, die sich in der jetzt vorliegenden fiktiven Erzählung niederschlugen.

Bisherige Veröffentlichungen im Gmeiner-Verlag:
Die Macht am Rhein (2019)
Berlin.Macht.Männer (2019)
Rheingolf (2018)

MAREN
FRIEDLAENDER

Der Löwe Gottes

Roman

GMEINER

Immer informiert

Spannung pur – mit unserem Newsletter informieren wir Sie regelmäßig über Wissenswertes aus unserer Bücherwelt.

Gefällt mir!

Facebook: @Gmeiner.Verlag
Instagram: @gmeinerverlag
Twitter: @GmeinerVerlag

MIX
Papier aus verantwortungsvollen Quellen
FSC® C014496

Besuchen Sie uns im Internet:
www.gmeiner-verlag.de

Im Ehnried 5, 88605 Meßkirch
Telefon 07575/2095-0
info@gmeiner-verlag.de

1. Auflage 2020

Lektorat: Claudia Senghaas, Kirchardt
Herstellung: Julia Franze
Umschlaggestaltung: U.O.R.G. Lutz Eberle, Stuttgart
unter Verwendung eines Fotos von: © tcerben / photocase.de
Druck: GGP Media GmbH, Pößneck
Printed in Germany
ISBN 978-3-8392-2638-4

Personen und Handlung sind frei erfunden.
Ähnlichkeiten mit lebenden oder toten Personen
sind rein zufällig und nicht beabsichtigt.

1.

Ich suchte nach einem Lippenstift. Normalerweise kann ich Lippenstifte nicht leiden. Ich mag nicht den schmierigen Abdruck, den sie auf Glasrändern hinterlassen. Ich mag nicht küssen mit diesem synthetisch-öligen Geschmack. Lippen sind ein sensibles Organ, das man nicht mit Künstlichem verstören sollte. Ich mag auch nicht, wenn das Rot auf die Zähne abfärbt. Es ekelt mich, wenn ich es bei anderen Frauen sehe und mehr noch bei mir selbst. Aber ich war deprimiert und dachte, ein roter Farbtupfer mitten in meinem Gesicht würde mich vielleicht aufmuntern. Ich schlenderte unentschlossen durch die Parfumabteilung des Kaufhauses. Über den Ständen hing eine Wolke von Düften. Wer konnte noch unterscheiden, welcher zu Dior, welcher zu Chanel oder Hermès gehörte? Ich mag Parfums nicht sehr. Ich habe einen feinen Geruchssinn. An ihrem natürlichen Duft erkenne ich die Menschen.

Die Verkäuferinnen sahen aus, als ob sie die gesamte Palette der von ihnen vertretenen Produkte auf ihren Gesichtern zur Schau stellten. Ich konnte nichts Menschliches hinter ihren Masken erkennen und traute mich nicht, eine anzusprechen. Ich mied ihre Blicke, damit sie nicht mich ansprachen. Mittlerweile war ich zur Flucht entschlossen. Da erbarmte sich eine, vielleicht musste sie noch etwas für ihren Umsatz tun.

»Kann ich Ihnen weiterhelfen?«

Sie schaute missbilligend auf mein ungeschminktes Gesicht.

»Ich suche einen Lippenstift.«

Sie bat mich an ihren Stand. Dort steckten in einem Display ungefähr 30 Testexemplare, 30 Farben, von hellrosa bis dunkellila. Ich wollte keinen Lippenstift, ich wollte nach Hause. Ich würde auch so mit meiner Depression fertig werden.

Die Verkäuferin nahm mehrere der Stifte aus ihrer Musterkollektion und zog mit jedem einen kurzen Strich auf ihrem Handrücken. Der Anblick ihrer blassrosa Haut mit den dicken, tiefen Poren stieß mich ab. Wahrscheinlich enthaarte sie sich täglich. Berufsbedingt. Sie war eher der haarige Typ, aber kein noch so kleines Härchen auf dem Arm.

»An welche Farbe haben Sie gedacht?«

»Äh, rot …?!«

Wieder dieser niederschmetternde Blick.

»Natürlich rot!«, lächelte sie nachsichtig mit ihrem grell geschminkten Mund. Einen solchen Mund wollte ich keinesfalls.

Ich zeigte wahllos auf irgendeinen Strich auf ihrer Hand.

»Vielleicht den?«

»Sie können ihn probieren.«

Sie nahm einen kleinen Pinsel zur Hand.

»Ganz locker lassen«, befahl sie und begann, die Farbe auf meinen Lippen zu verteilen. Ich wollte das nicht.

»Locker lassen!«, wiederholte sie in genervtem Ton. Als sie endlich fertig war, hielt sie mir einen Handspiegel vor das Gesicht.

Da sah ich ihn.

Das Reflexionsgesetz erlaubte ihm, mir direkt in die Augen zu schauen, obwohl er hinter mir stand. Ich erschrak und drehte mich um. Er war der schönste Mann, den ich je gesehen hatte. Ich kann schöne Männer sonst nicht besonders leiden. Sie vergessen zu leicht, dass eine Packung auch einen Inhalt braucht. Aber dieser Mann hatte gar keine Verpackung. Er schien nur aus Inhalt zu bestehen. Das war die Schönheit. Besser kann ich es nicht ausdrücken.

Ich errötete.

»Nicht diesen Lippenstift«, sagte er mit einer tiefen, rauen Stimme.

»Welchen dann?«, fragte ich ratlos.

»Keinen Lippenstift«, sagte er fast bittend.

Die Verkäuferin hätte eigentlich sauer auf den Mann sein müssen, weil er ihr das Geschäft verdarb. Stattdessen bedachte sie mich erneut mit einem vernichtenden Blick, dem Mann hingegen warf sie ein aufreizendes Lächeln zu. Er ignorierte das.

Ich ließ die Verkäuferin stehen, ohne mich bei ihr zu bedanken. Ich ließ auch den Mann stehen. Ich ging zum Ausgang des Kaufhauses. Ich ging, ohne mich umzudrehen. Es kostete mich alle Kraft. Draußen vor der Tür atmete ich die parfumfreie Luft tief ein. Es half, aber ich ahnte, dass es nicht zu Ende war.

»Verzeihen Sie!«, sagte er und berührte mich

kaum spürbar an der Schulter. Er zog seine Hand sofort wieder zurück.

»Sie waren meine letzte Hoffnung, das letzte Gesicht in der Menge«, fügte er leise hinzu.

Ich drehte mich zu ihm um.

»Und wie soll ich jetzt über den Tag kommen? Der Lippenstift war *meine* letzte Hoffnung.«

»Der Lippenstift hätte Ihnen auch nicht geholfen. Er passt nicht zu Ihnen. Lassen Sie Ihre Traurigkeit heraus. Weinen Sie! Sie haben viel zu lange nicht geweint.«

»Woher wollen Sie das wissen?«, fragte ich trotzig.

»Aber es stimmt doch«, sagte er und schaute mich mit weisen Augen an.

»Es stimmt«, gab ich widerstrebend zu. Ich wollte das nicht sagen, aber ich sah in seinem Blick, dass es keinen Zweck hatte, sich vor ihm zu verstecken.

Ich stand vor dem Kaufhaus, gepufft und umhergestoßen von hin- und hereilenden Passanten. Ich redete mit einem Mann, den ich nicht kannte, von meiner Traurigkeit.

Wenn er jetzt geht, laufe ich ihm hinterher, dachte ich, aber er ging nicht.

Plötzlich fing es an zu gießen. Es schüttete wie aus Kübeln. Die Menschen verließen fluchtartig die Einkaufsstraße und suchten Schutz unter den Vordächern. In Sekundenschnelle füllte sich der überdachte Eingang des Kaufhauses mit durchnässten Passanten. Sie drängten und schubsten und neue Flüchtende quetschten sich dazu. Er und ich standen dicht aneinandergepresst mitten in dem Pulk von Leuten, die nach feuchten Textilien rochen. Mein Herz schlug schneller, als ich es gewohnt war.

Um uns herum schüttelten sich die vom Regen Überraschten und prusteten und lachten, aber das war nur eine Hintergrundmusik.

Der Regen hörte so abrupt auf, wie er begonnen hatte. Sofort verliefen sich die Menschen in alle Richtungen. Durch den Wolkenbruch war die Temperatur stark abgekühlt. In meiner dünnen Sommerjacke war ich der kühlen Brise schutzlos ausgeliefert. Ich zitterte ein wenig. Der Mann stand noch immer neben mir. Er zog seinen Regenmantel aus und legte ihn über meine Schultern.

»Mein Auto steht nur zwei Ecken weiter«, sagte er und ging voran. Ich folgte ihm.

Ganz in der Nähe der Fußgängerzone, mitten im Halteverbot, parkte ein großer dunkelgrüner Geländewagen. Unter dem Scheibenwischer klemmte ein Strafzettel. Er zog ihn hervor und warf ihn achtlos auf die Straße, ohne ein Wort über dieses Ärgernis zu verlieren. Er hielt mir die Tür auf. Ich stieg ein.

Während der Fahrt schwiegen wir. Was sollte ich sagen? Ich wusste nicht einmal, wohin wir fuhren.

Normalerweise bin ich eine grauenhafte Beifahrerin. Ich mag mein Leben nicht in die Hände anderer Menschen legen. Ich lasse die Straße nie aus dem Auge und überprüfe jede Aktion des Fahrers, drehe meinen Kopf, wenn der Fahrer blinkt, um die Spur zu wechseln. An jeder Kreuzung kontrolliere ich die Querstraße in beide Richtungen und verkneife mir mühsam, »rechts frei« zu rufen. Der Mann strahlte Souveränität aus, er steuerte sein Fahrzeug mit Sicherheit durch den Verkehr. Jede seiner Bewegungen erfolgte ruhig und konzentriert. Ich lehnte mich entspannt zurück.

Er verließ die Stadt in Richtung Süden auf einer Landstraße, die in die Berge führte. In einem Dorf bog er von der Hauptstraße ab, fuhr durch eine kleine gewundene Gasse, die in einen ansteigenden Feldweg überging. Nach ein paar Minuten sah ich kein Haus mehr weit und breit. Ich hatte keine Angst. Ein paar Hundert Meter ging es durch den Wald, dann öffnete sich vor meinen Augen eine Lichtung, an deren Rand ein kleines Bauernhaus lag. Der Weg führte direkt darauf zu. Er stoppte den Wagen vor dem Eingang, schaltete den Motor ab und drehte sich zu mir. Er lächelte aufmunternd. Ich nahm das als Signal auszusteigen. Er ging auf die hölzerne Eingangstür zu. Kein Namensschild verriet, wer hier wohnte. Er drückte die Türklinke hinunter. Das Haus stand offen. Wir traten ein. Das Innere des Hauses lag im Halbdunkel. Er ging zur gegenüberliegenden Seite und öffnete die Jalousientüren, durch die abendliches Licht hereinfiel. Ich stand in einem riesigen Raum, der die ganze Fläche der unteren Etage einnahm. Er war mit Holzbohlen ausgelegt und nur karg möbliert: ein langer hölzerner Esstisch mit Stühlen auf der einen Seite, ein mit buntem Stoff bezogenes Sofa und zwei Sessel vor einem Kamin auf der anderen Seite. Ich trat hinaus auf eine Terrasse. Erst jetzt sah ich, dass man von dieser Seite des Hauses auf einen See hinunterschaute. Bei der Anfahrt hatte ich keinen See bemerkt. Wir hatten uns wohl von der dem Gewässer abgewandten Seite des Berges genähert. Der See war verzaubert. Das sich leicht kräuselnde Wasser glitzerte in der untergehenden Sonne, ein Meer aus Gold. Einige Segelboote kreuzten draußen, sonst war alles ruhig. Ich setzte mich in einen der Korbstühle, die auf der Veranda standen.

»Rotwein?«, fragte er.

Ich nickte.

Er kehrte mit einer Flasche und zwei Gläsern zurück.

»Wohnen Sie hier?«, wollte ich wissen.

»Manchmal«, antwortete er.

Er setzte sich in den anderen Stuhl, und für ein paar Minuten genossen wir schweigend die stille Abendstimmung über dem See.

»Ich weiß, wer Sie sind«, sagte er nach einiger Zeit. »Ich habe Sie gesehen, in einer dieser Talkshows. Sie haben ein Buch veröffentlicht – ›Die Frauen des Orients‹, ein gutes Buch, Sie haben die Frauen in diesem Teil der Welt verstanden und sehr einfühlsam beschrieben.«

Er schaute wieder auf den See, schwieg und trank. Er erschien mir nicht mehr so ruhig, wie ich ihn im Laufe des Nachmittags erlebt hatte.

Plötzlich beugte er sich zu mir, ergriff meine Hand und blickte mir eindringlich in die Augen.

»Sie müssen ein Buch für mich schreiben. Ich erzähle Ihnen eine Geschichte, und Sie müssen sie schreiben.«

Mir wurde in dem Moment klar, dass unsere Begegnung kein Zufall war.

»Ich soll also Ihr Werkzeug sein?«

Es war das erste Mal, dass ich mich gegen ihn wehrte.

»Wir werden beide etwas davon haben.«

Er sagte das sehr bestimmt. Darüber ärgerte ich mich. Woher wollte er wissen, was ich davon hatte, ihm ein Buch zu schreiben. Er las meine Gedanken.

»Sie werden aus der unerträglichen Mittelmäßigkeit hervortreten.«

Ich zuckte zusammen. Er hatte mir ein Messer mitten in die wundeste Stelle meiner Seele gebohrt. Ich bin 42 Jahre alt, ich bin gut aussehend, intelligent und talentiert, das ist das Allerschlimmste – talentiert! Hinter diesem Lob lauert heimtückisch die Niederlage. Und ich bin auch noch vielseitig talentiert, umso schlimmer!

II.

Ich bin in einer mittelgroßen Stadt in Norddeutschland geboren. Mein Vater war ein mittlerer Beamter beim Versorgungsausgleichsamt. Er berechnete die Renten der anderen Beamten. Bis 1945 war er ein Nazi gewesen, aber nur ein bisschen – mittelviel, eine kleine Leuchte, nicht bedeutend genug, um ihm hinterher einen Strick daraus zu drehen. Im Krieg war er Oberleutnant gewesen, wahrscheinlich hatte er durchschnittlich viele feindliche Soldaten umgebracht. Meine Mutter war Lehrerin, keine Mittelschullehrerin, sie unterrichtete die Abc-Schützen. Sie hat die mittelgroße Stadt nie verlassen, nur einmal als junges Mädchen für eine Deutschlandfahrt mit ihrem BDM-Chor. Von diesem Erlebnis schwärmte sie den Rest ihres Lebens. Bund Deutscher Mädel. Ach, Mutter, das war also der Höhepunkt ihres Daseins gewesen, die Hitlerjugendorganisation, in der sie auf den Führer eingeschworen wurde. Auf der Deutschlandtour hatte sie meinen Vater kennengelernt. Die beiden heirateten gleich nach dem Krieg und zogen in die Heimatstadt meiner Mutter, denn sie hatte dort eine gesicherte Anstellung als Grundschullehrerin. In dieser Stadt in Norddeutschland zeugten meine Eltern drei Kinder. Ich nehme an, dass sie dabei durchschnittlich viel Vergnügen empfanden. Die beiden ersten Kinder, mein Bruder und meine Schwester, legten alsbald eine durchaus erfreuliche mittelmäßige Begabung an den Tag. Nur ich, die Jüngste, zeigte echtes Talent, vor allem eine Leichtigkeit im Lernen. Ich konnte alles. Ich war sportlich und spielte ziemlich gut Klavier. In der Schule glänzte ich in allen Fächern. Ich amüsierte die Leute mit meinem Witz. Im Alter von 14 Jahren schrieb ich bereits kleine Kabarettstücke für das Schultheater. Meine Eltern unterstützten keines dieser Talente. Ein Sportlehrer entdeckte mein außergewöhnliches Ballgefühl und ermutigte mich, Tennis zu lernen. Meine Eltern fanden diesen Sport zu teuer und gaben mir keinen Pfennig Geld dafür. Im Musikraum der Schule setzte ich mich an das Klavier und spielte, ohne je eine Note gelernt zu haben. Der Lehrer empfahl meinen Eltern dringend, mir Stunden zu geben. Sie meinten, das sei herausgeworfenes Geld. Als ich in der Theater-AG der Schule mitwirkte, mäkelten sie, das koste zu viel Zeit und halte mich vom Lernen ab. Ich hatte es satt, um Geld zu betteln, also nahm ich im Alter von 15 einen Job in einer Kneipe an, um mir mein eigenes Geld zu verdienen. Ich arbeitete dort an zwei oder drei Abenden in der Woche. Merkwürdigerweise störte es meine Eltern nicht, dass ich nun weniger Zeit für die Schule hatte. Von dem Selbstverdienten wollte ich mir die Tennis- und Klavierstunden finanzieren. Meine Leistungen in der Schule wurden nicht schlechter, aber ich war oft so müde, dass ich keine Kraft mehr für die Stunden aufbrachte. Mit dem Abitur in der Tasche wollte ich die Welt erobern, aber meine Eltern dachten gar nicht daran, mich dabei zu unterstützen. Mein Vater hatte die mittlere Laufbahn für mich vorgesehen; er wollte mir eine Lehrstelle in einer der städtischen Behörden verschaffen. Da entfaltete ich eine Deutschlandkarte, nahm einen Zirkel, stach die Spitze in den Punkt für unsere mittelgroße Stadt und zog einen Kreis von 20 Zentimetern Durchmesser. Nur Städte, die außerhalb dieses Kreises lagen, kamen in Betracht. Ich fand, dass München gut klang. Ich bewarb mich für ein Literaturstudium. Bei einem Notendurchschnitt von 1,4 brauchte ich nicht lange zu betteln. Den Studienplatz erhielt ich, aber mein Vater weigerte sich, nur eine müde Mark herauszurücken. Einen Anspruch auf Bafög hatte ich nicht. Dafür waren meine Eltern zu gut situiert.

Ich räumte mein Bankkonto, lieh mir noch 500 Mark bei meiner Schwester, packte meine Sachen und nahm den Zug nach München.

Eine Werbeagentur gab mir eine Volontärstelle. Ich zeigte ihnen meine Kabaretttexte und ein paar Zeitungsartikel, die ich verfasst hatte. Ihnen reichte das als Referenz. Aber mehr noch half mir, glaube ich, dass der Art Direktor Gefallen an mir fand. Wir vergnügten uns ein Jahr lang auf jedem Schreibtisch der Agentur, manchmal auch in seinem Jaguar. Er nahm mich gerne mit zu Präsentationen bei den Kunden. Auf dem Rückweg, wenn alles gut gelaufen war, fuhren wir auf einen Parkplatz. Ich fand unser Verhältnis durchaus befriedigend. Ich half ihm dabei, seine Angst vor dem Altern zu verdrängen, dafür lehrte er mich alles, was er über Werbung wusste. Außerdem sorgte er dafür, dass ich ein angenehmes Leben führen konnte. Von meinem Volontärgehalt ließen sich keine großen Sprünge machen, das war ihm unangenehm, und er glich diesen Mangel aus seiner Privatschatulle aus. Ich nahm das großzügig entgegen.

Je mehr er sich vor dem Altern fürchtete, desto heftiger klammerte er sich an mich. Mit der Zeit belastete mich seine Panik. Ich war jung und mochte mich nicht ständig um das Altwerden sorgen. Es war sein Altwerden. Also verließ ich ihn, aber damit war ich natürlich auch meinen Job in der Agentur los. Wir beide unter einem Dach, das ging natürlich nicht. Ich sah das ein.

Ich bewarb mich bei einer Kulturzeitschrift. Merkwürdigerweise bekam ich den Job. Irgendwie verbreitete ich in dieser Zeit eine Aura von Effizienz und Kreativität oder mitreißender Spontaneität, die die Leute sofort für mich einnahm. Es half mir aber auch, glaube ich, dass der Chefredakteur sich für mich interessierte. Er nahm mich mit zu einer Kunstmesse in Amsterdam. Abends aßen wir in einem kleinen französischen Restaurant und leerten zwei Flaschen Wein. Wir lachten drei Stunden ununterbrochen über unsere humoristischen Einfälle. Sie sprudelten aus uns heraus. Wir schoben uns gegenseitig die Vorlagen zu. Wir erlebten ein Feuerwerk aus Geistesblitzen. An diesem Abend brauchten wir nur ein Hotelzimmer. Wir schliefen keine Sekunde in dieser Nacht. Zwischen den erotischen Freuden wetzten wir die Klingen verbal, vergnügten uns mit unseren Wortspielchen und wetteiferten in unserem Witz.

In den folgenden Monaten suchte er wie ein Süchtiger nach Begegnungen mit mir. Seine Erwartungshaltung ermüdete mich. Manchmal wollte ich einfach schlaff in der Ecke hängen und keine Geistesblitze produzieren. Er aber ließ nicht locker, er brauchte seine Droge. Es blieb mir nichts anderes übrig, als ihn langsam auf Entzug zu setzen. Das nahm er mir übel. Süchtige sind nicht besonders vernünftige Menschen. Am Ende half nur die Schocktherapie. Ich verschwand aus seinem Leben.

Glücklicherweise besaß ich bereits das Angebot eines Reisemagazins. Ich sollte eine Serie

»Frauen auf Reisen« betreuen. Ich für meinen Teil reiste lieber mit Männern, aber wenn andere Frauen es reizvoller fanden, allein oder mit ihren Freundinnen auf Tour zu gehen – bitte schön. Mir verschaffte dieser Job ein anständiges Einkommen und die Möglichkeit, auf Kosten des Verlags die Welt zu sehen. Obwohl ich das Thema »Frauen auf Reisen« recherchierte, war ich mit einem Mann unterwegs, einem begnadeten Fotografen. Seine Leidenschaft waren Gesichter. Er porträtierte Menschen, bemächtigte sich ihrer Gesichter mit einem Einfühlungsvermögen, wie ich es nicht wieder erlebt habe. Er sah ihnen mit der Kamera in die Seele. Wir vagabundierten gemeinsam durch alle vier Ecken der Welt. Natürlich machte er auch von mir Fotos. Mit seinem Objektiv blickte er mir in die Seele. Er verliebte sich in diese Seele. Dann verliebte er sich in meinen Körper. Er fotografierte jedes Detail in jeder Stellung, er fotografierte meine nackte Haut, meinen halb entblößten Busen, meinen Po, wenn ich entspannt auf dem Bauch lag, die Stelle zwischen Hals und Schulter, die Haare zwischen meinen Beinen. Die Aufgabe stellte ihn so vollkommen zufrieden, dass er ganz vergaß, diesen Körper zu liebkosen. Mir genügte es nicht, durch das Auge der Kamera begehrt zu werden. In einer Bar in Marrakesch folgte ich einem feingliedrigen Beduinen, der mich mit seinen Glutaugen verführte. Er erinnerte mich voller Lust daran, dass ich einen Körper aus Fleisch und Blut besaß. Der Fotograf hat mir das nicht verziehen.

Natürlich dachte ich in diesen Jahren manchmal an die Wunderwerke, die ich noch vollbringen wollte. Aber ich war noch jung und hatte alle Zeit der Welt, meine Pläne zu verwirklichen. Ich spürte die Kraft und Energie in mir und war mir meiner Kreativität vollkommen sicher, sodass ich nicht daran zweifelte, dass mein Genie früher oder später ein Ventil finden würde. Die Mittelmäßigkeit anderer Menschen belächelte ich mitleidig. Ich fühlte mich von diesem Virus nicht bedroht.

Vom Vagabundieren hatte ich vorerst die Nase voll. Ich heiratete einen Münchener Immobilienmakler. Er legte mir alles zu Füßen, was er besaß. Das rührte mich. Wir bekamen zwei Kinder, zwei Jungen, die wunderbar gediehen. Das war eine schöne Zeit mit prächtigen Festen in unserem großartigen Haus. Die Prominenz ging bei uns ein und aus. Es schmeichelte mir, für einige Zeit, bis ich merkte, wie mittelmäßig diese Leute waren, weil sie mittelmäßig dachten. Sie fuhren große Autos, besaßen große Häuser, große Yachten, große Flugzeuge, aber ihr Denken war meist klein und unbedeutend, mittelmäßig – und von Mittelmäßigkeit verstand ich etwas. Die Leute langweilten mich. Zum Erwerb von Reichtümern braucht man offensichtlich keine hervorragenden geistigen Fähigkeiten. Wieso hatte ich das nur geglaubt?

Es war, denke ich, in dieser Zeit, dass ich das erste Mal spürte, wie sich die Mittelmäßigkeit an mich heranschlich. Ich bekämpfte sie mit Geld. Ich besuchte die Aida-Aufführung am Suezkanal, genoss das Bolschoi-Ballett auf dem Markusplatz von Venedig, flog zu Festen nach New York, zum Pferderennen nach Ascot, zum Eisstockschießen mit Freunden nach St. Moritz. Die Mittelmäßigkeit schlich mir hinterher. Je schneller ich mich bewegte, desto eiliger folgte sie mir. Vielleicht hatte sie sich bereits in mich hineingefressen wie ein bösartiger Krebs. Diese Furcht verdrängte ich.

Als meine Mutter starb, schrieb ich mein erstes Gedicht. Zu meinen Eltern hatte ich in all den Jahren auf großer Distanz gelebt. Unsere Beziehung hatte sich in Höflichkeitsbesuchen erschöpft. Trotzdem traf mich der Tod meiner Mutter, weil ich die Sehnsucht nach einer mich umsorgenden Mütterlichkeit endgültig begraben musste. Wer weiß, in welchem abgeschiedenen Kämmerlein meines Gefühlsgebäudes ich die Hoffnung darauf bewahrt hatte, obwohl ich für die Mittelmäßigkeit meiner Eltern nur Verachtung gehegt hatte. Das ist kein schönes Gefühl und ich trauerte um alles, was nicht gewesen war.

Meine Wehmut formulierte sich zu Worten, die Worte zu einem Gedicht.

Irrende Blicke
suchen tastend
nach Vertrautem.
Unsichere Füße
tasten suchend
nach befestigtem Weg.

Der Stock stochert
nach verlorenem Halt.
Gebeugt der Rücken
und so dünn und zart
die vergehende Gestalt.

Die Kraft verzehrt
in Hundert kleinen Kriegen.
Versteinert der Geist,
gehärtet, stur, starr
und gestählt
in Tausend Schlachten.

Und jeder gebeugte Rücken
schmerzt, –
rührt mich,
und erinnert daran,
dass ich nicht half,
die Last des Alters
dir zu tragen.

In einer Woche schrieb ich 30 Gedichte. Als sei ein Damm gebrochen, stürzten diese Gedichte aus mir heraus. Ich hielt ständig Stift und Papier in der Tasche bereit. Manchmal flossen die Zeilen während des Einkaufens in einem Supermarkt. Manchmal wachte ich nachts auf, mit Versen auf den Lippen. Ich schrieb alles nieder. Ich schrieb gegen den Tod an, denn seit ich meine Mutter zu Grabe getragen hatte, fürchtete ich mich vor dem Tod. Ich wusste wohl, dass der Tod nur ein Symbol war. Ich fürchtete nicht, dass mein Herz aufhören könnte zu schlagen. Ich fürchtete mich vor dem Versiegen meiner Kreativität.

Ich schickte meine Gedichtsammlung an ein paar Verlage, die sie mit höflichen Worten ablehnten. Wieder einmal rückte die Mittelmäßigkeit einen Schritt näher an mich heran. Ich roch ihren fauligen Atem.

In Schumann's Bar in München lernte ich einen Filmemacher kennen. Er produzierte Dokumentationen zu allen möglichen Themen der Zeitgeschichte. Er fand meine bisherige Biografie interessant und bot mir eine Stellung in seiner Firma an. Er war ein Maniac. Wenn er sich in ein Thema stürzte, tat er es mit Haut und Haaren. Seine Bedingungslosigkeit faszinierte mich.

Wir hatten eine leidenschaftliche Affäre. Niemand ahnte etwas von meinen Abwegen, auch mein Mann nicht.

In dieser Zeit produzierte ich zwei bemerkenswerte Dokumentationen, für die ich viel herumreiste. Ich begleitete eine Karawane durch die nordafrikanische Wüste, und ich porträtierte Frauen des Orients. Für diese Dokumentation sammelte ich so viel Material, dass ich später noch ein Buch zu dem Thema veröffentlichte. Die Fotos hatte ich selbst geschossen. Ich hatte viel gelernt bei meinem Fotografen.

Es war dieser Bildband, den mein Gastgeber lobend erwähnt hatte.

III.

Der Mann hatte mir viel Zeit zum Nachdenken gelassen. Er war gut im Schweigen.

»Wozu wollen Sie dieses Buch?«, fragte ich.

»Das werden Sie im Laufe meiner Geschichte erfahren.«

»Ich soll also einen Blankoscheck unterschreiben?«

»Wissen Sie, warum Sie das Außerordentliche nicht erreicht haben?«

Ich schaute ihn erwartungsvoll an.

»Es genügt nicht, es in sich zu fühlen. Man muss es auch tun.«

Er drehte das Messer ein wenig hin und her. Es schmerzte, denn ich wusste, dass er recht hatte. Ich hatte meine Zeit verplempert, hatte mich treiben, von den Ereignissen mitschwemmen lassen. Mich amüsierend hatte ich immer wieder den Weg des geringsten Widerstandes gewählt, faul und träge alle Annehmlichkeiten des Lebens genießend.

Es dämmerte und die Segelboote schwebten nur noch als Schatten über den See. Die Luft kühlte ab. Als er sah, dass ich fröstelte, ging er ins Haus und holte eine Wolldecke, die er mir auf den Schoß legte.

»Ich fange also an?«, fragte er.

Ich nickte.

IV

»Mein Vater ist Jude, meine Mutter Äthiopierin.«

Ich sah ihn an. Es war das erste Mal, dass ich ihn sah. Ich meine, ich hatte ihn schon vorher gesehen, aber ich hatte ihn nicht betrachtet, eingeschätzt, wie man es mit einem Menschen, den man neu kennenlernt, im Allgemeinen tut. Er hatte mich ergriffen, und ich war ihm willenlos gefolgt.

Nun aber sah ich ihn an. Ich sah einen nicht mehr ganz jungen Mann, aber es gelang mir nicht, sein Alter zu schätzen. Manchmal dachte ich, er sei vielleicht erst 50, dann wieder kam er mir wie ein weiser Guru von mindestens 70 vor.

Ich weiß nicht genau, wie Äthiopier aussehen, ob sie sehr dunkelhäutig sind oder mehr den Teint der Nordafrikaner besitzen. Seine

Haut schimmerte in einem Bronzeton, aber ich hätte ihn deshalb nicht für einen halben Afrikaner gehalten. Heute, wo zwei Drittel der deutschen Bevölkerung ihre Winter auf Sonnenbänken verbringen, verrät die Hautfarbe sowieso kaum die Herkunft. Er war von hohem, schlanken Wuchs, mit langen Gliedmaßen, schönen, schmalen Händen, in seinem länglich-ovalen Gesicht trat die große, leicht gebogene Nase markant hervor. Sein kurz geschnittenes, etwas krauses Haar war schwarz, mit grauen Strähnen durchzogen. Mein geschärfter Blick sah plötzlich in seinem Gesicht 2.000 Jahre arabisch-afrikanischer, europäisch-jüdischer Geschichte. Wenn man ihn aufmerksam betrachtete, war es, als ob die Völkerwanderungen und Eroberungszüge der Jahrhunderte an einem vorüberzogen.

Er fuhr fort zu erzählen:

»Als mein Vater seinen Eltern die Vermählung mit einer Äthiopierin ankündigte, waren sie entsetzt. Sie waren sich uneins, ob entsetzter darüber, dass ihr Sohn eine farbige Afrikanerin heiraten oder dass er sich mit einer Christin vermählen wollte. Meine Großeltern waren alles andere als orthodoxe Juden, aber die Verbindung ihres Sohnes mit einer Christin gefiel ihnen trotzdem nicht. Man blieb lieber unter sich. Wenn es hart auf hart kam, verließ man sich besser auf die eigenen Leute.

Meine Großeltern lebten in Berlin und verfügten, wie ich später merkte, über geradezu sagenhafte Reichtümer, die die Familie seit Generationen im Handel mit Gütern aller Art zusammengetragen hatte. Mein Großvater war ein sehr kluger und vorsorgender Mann. Er hatte die jüdische Geschichte aufmerksam studiert. Deshalb hatte er seine Unternehmungen und sein Vermögen gut verteilt auf alle Kontinente. Er besaß Handelshäuser in verschiedenen Städten des Orients, Immobilien in den USA, Ländereien in Südamerika. Er hatte seinen einzigen Sohn nach einem Wirtschaftsstudium in die Welt geschickt. Mein Vater war zwei Jahre zwischen den Kontinenten unterwegs gewesen, um die weit verstreuten Firmenengagements kennenzulernen. Die Nachricht von seiner Vermählung schickte er aus Paris, wo er meiner Mutter auf einem Fest bei seinem Internatsfreund, einem italienischen Conte, begegnet war. Meine Mutter gehörte zur äthiopischen Kaiserfamilie und war Mitte der 30er-Jahre die Sensation der Pariser Grand Monde. Mein Vater verliebte sich Hals über Kopf in sie. Es war kein guter Zeitpunkt für eine Verbindung zwischen den »minderwertigen« Rassen. Es war das Jahr 1935. Mein Vater war so lange auf Reisen gewesen, dass er von dem neuen Wind, der in seiner Heimat wehte, nicht viel mitbekommen hatte, aber mein weiser Großvater deutete die ersten Anzeichen völlig richtig. Er verbot seinem Sohn, mit seiner Verlobten nach Berlin zu kommen. Stattdessen reiste er mit meiner Großmutter nach Paris, um die Schwiegertochter dort kennenzulernen.

Trotz ihrer Vorbehalte verfielen meine Großeltern bei der ersten Begegnung dem Charme und der Schönheit meiner Mutter, die es mühelos schaffte, diese zwei alten verwöhnten Juden zu bezaubern.

Meine Mutter trat zum Judentum über – freiwillig, aus Liebe zu meinem Vater. Er hätte sie auch als Christin genommen, sogar meine Großeltern hätten eingewilligt.

Ein paar Wochen später wurde ein großartiges Hochzeitsfest am Lido von Venedig gefeiert.

Tout le monde war dabei. Ich habe die Gästeliste gesehen. Der europäische Geld- und Geburtsadel war fast vollzählig vertreten. Auf den Fotos sieht meine Mutter aus wie die Königin von Saba und mein Vater steht ihr an Eleganz in nichts nach. Schön und strahlend lächeln sie sich an. Sie steigen aus einer Gondel auf den Anleger des Hotels; sie tanzen auf der Terrasse des ›Excelsiors‹, dem Hotel am Lido, zu dem Achenbach in Thomas Manns ›Tod in Venedig‹ hinüberspaziert; sie trinken Champagner unter den Vordächern der Strandhäuser; sie tanzen auf dem Parkett des Ballsaals.

Mein Großvater schickte die zwei Jungverliebten auf Reisen. Deutschland sei kein Platz mehr für sie, beschwor er die beiden. Und da diese zwei Exoten jung und in der Gesellschaft beliebt waren, sah man sie gern an allen eleganten Plätzen der Welt. Auf den Fotos kann ich sie mir heute noch anschauen, wie sie auf der Terrasse des Hotels ›Gritti‹ am Canal Grande dinieren, auf der Promenade in Cannes flanieren und vor dem Spielcasino von Monte Carlo aus einem Rolls Royce steigen. Mein Vater kümmerte sich außerdem um die weltweiten Geschäfte des Familienunternehmens. Während dieses Vagabundenlebens wurde ich geboren, am 3. September 1939, zu Beginn des Zweiten Weltkrieges. Das wurde so oft betont, dass ich als Kind glaubte, ich sei am Ausbruch des Krieges Schuld. Meine Eltern hielten sich gerade in den USA auf, als meine Mutter in die Wehen kam, weshalb ich einen amerikanischen Pass erhielt. Die rassistische Stimmung unter den weißen Amerikanern machte einen längeren Aufenthalt in diesem Land nicht erstrebenswert für meine Eltern. Kaum hatte ich meinen ersten Schrei getan, schiffte sich die junge Familie nach Europa ein. Mein Vater besaß durch seine Beziehungen zu einflussreichen Kreisen in Frankreich zwar einen französischen Pass, aber da Hitlers Soldaten sich mit langen Schritten auf Paris zubewegten, schien auch Frankreich kein gemütlicher Aufenthaltsort. In Äthiopien hockten die faschistischen Italiener, der Kaiser war im Exil, also auch dort keine Zuflucht. So gingen meine Eltern mit mir versuchsweise nach London, wo sie ein Appartement im feinen Kensington anmieteten. Eine äthiopische Kinderfrau wiegte mich in ihren langen, braunen Armen, wenn meine Mutter nicht daheim war.«

Mittlerweile war es dunkel geworden. Er ging ins Haus und kehrte mit zwei Windlichtern zurück, die er auf den Tisch stellte. Danach verschwand er noch einmal. Ich hörte ihn in der Küche mit Geschirr klappern. Ich lehnte mich in meinem Stuhl zurück und genoss die sich abkühlende Abendluft, die ruhige Stimmung über dem See. Ich ließ keinen Gedanken an mich heran, der sich mit der Merkwürdigkeit meiner Situation beschäftigte. Nach einiger Zeit brachte er zwei Teller, auf die er Toasts und in Scheiben geschnittene Gänseleberpastete gelegt hatte. Auf dem Tellerrand lagen sorgfältig aufgefächert saure Gurken. Er stellte einen der Teller vor mich, goss Wein nach und nickte mir aufmunternd zu. Wir aßen schweigend. Die Gänseleber war sehr fein, Foie gras mit einem Trüffel in der Mitte. Ab und zu blickte ich verstohlen zu ihm hinüber. Er aß mit Vergnügen, das sah man, aber nicht auf diese übertrieben pedantische Art mancher Gourmets. Er schnitt ordentliche Stücke von der Gänseleber ab, legte sie auf sein Toastbrot und biss herzhaft ab. Wenn er von dem Wein trank, nahm er einen kräftigen Schluck. Nach dem Essen holte er eine Packung Zigaretten aus dem Haus, keine deutschen, ich hatte so eine Verpackung nie gesehen.

»Ich weiß, dass es Sie normalerweise stört. Aber vielleicht darf ich hier draußen?« Er zog eine Zigarette aus dem Päckchen heraus und sah fragend zu mir herüber. Ich nickte, aber wieso wusste er, bisher hatte er nicht geraucht, und ich hatte keine Gelegenheit gehabt, mein Missfallen auszudrücken. Eigentlich wollte ich ihn nicht fragen, aber ich war neugierig.

»Sie haben auf jeden Geruch auf diese besondere Art empfindlicher Menschen reagiert«, erklärte er mir. Es stimmte, ich war sehr geruchsempfindlich. Ich wunderte mich nur, wie er das in der kurzen Zeit, die wir uns kannten, bemerkt hatte.

Er zündete die Zigarette mit einem schlichten goldenen Feuerzeug an, das er aus seiner Jackentasche holte. Menschen rauchen auf sehr unterschiedliche Art. Manche Süchtige saugen gierig und nervös den Rauch tief in sich hinein.

Ihm diente es eher als Genuss zur abendlichen Stunde, die Zigarette zum Wein, er hielt sie lässig zwischen Mittel- und Ringfinger, so elegant, dass ich selbst Lust bekam, mir eine Zigarette anzustecken. Erst als er seine im Aschenbecher ausdrückte, fuhr er mit der Erzählung fort.

»In London lernten mich meine Großeltern kennen. Sie hatten Deutschland ebenfalls verlassen. Ihr Vermögen dort war arisiert worden, was nichts anderes hieß, als dass man es ihnen gestohlen hatte. In ihre prachtvolle Jugendstilvilla in Berlin zogen Nazi-Bonzen ein. Heute steht das Haus nicht mehr, eine britische Bombe hat den Eindringlingen das mit Unrecht erworbene Heim zerstört. Vielleicht schaut Gott doch ab und zu auf uns herunter.

Eine Schwester meines Vaters hatte einen jüdischen Arzt geheiratet, auch sie verließ Berlin mit ihrer Familie. Die andere Schwester blieb in Deutschland, sie fühlte sich sicher, da sie mit einem Arier vermählt war. Der Arier sah bald ein, dass er sich blauäugig und nichtsahnend der Rassenschande schuldig gemacht hatte. Reumütig erkannte er, dass er sich hatte verführen lassen, seinen hochwertigen, reinen deutschen Samen zur Vermehrung einer minderwertigen Rasse beizusteuern. Als guter Deutscher wusste er, was er seinem Vaterland schuldete. Er annullierte seine Ehe. Meine Tante Miriam starb in Auschwitz mit ihren zwei kleinen Kindern.

Mein Vater bot den Engländern seine Dienste an. Er sprach perfekt Deutsch und war hellhäutig genug, sodass sie es wagten, ihn als Spion zum Feind zu schicken. Ich weiß nicht, wie viele nützliche Informationen er den Engländern beschaffte, bevor die Deutschen ihn entlarvten. Ich weiß nicht, was die Deutschen mit ihm gemacht haben, bevor sie ihn umbrachten.

Eines Tages kam ein englischer Major in unser Haus in Kensington und überbrachte meiner Mutter die Nachricht, dass mein Vater vermisst sei. Man müsse davon ausgehen, dass die Nazis ihn erwischt hätten. Meine Mutter weinte nicht einmal. Sie wollte nicht an den Tod meines Vaters glauben. Einen Tag nach dem Besuch des Majors warf sie ein elegantes Outfit über und sprach bei einem britischen General vor, der für den Geheimdienst zuständig war. Unter Tränen forderte sie ihn auf, meinen Vater aus Deutschland herauszuholen. Der General verfiel auf der Stelle der Schönheit und der Liebenswürdigkeit meiner Mutter. Er verliebte sich Hals über Kopf in die Exotin im feinen Chanel-Kostüm. Ich glaube, er wäre bereit gewesen, persönlich bei der Gestapo vorzusprechen, um nach dem Verbleib meines Vaters zu fragen.

Ich habe gehört, dass der General eine riskante Suchaktion startete, mitten in der Höhle des Löwen. Ein Agent fand heraus, dass mein Vater tatsächlich der Gestapo in die Hände gefallen war. Man braucht nicht viel Fantasie, um sich auszumalen, was diese Herren mit einem feindlichen Spion anstellten.

Meine Mutter aber glaubte weiterhin nicht an den Tod ihres geliebten Ehemanns. Die Großeltern waren realistischer. Sie hatten von Angesicht zu Angesicht mit der Herrenrasse gelebt, den Hass und die Verachtung gefühlt und die Mordlust in den Augen der ehemaligen Mitbürger gesehen. Mein Großvater war zu alt und weise für Illusionen. Er setzte sein Vermögen ein, um Verwandte und Freunde aus Deutschland herauszuholen. Seinem Sohn konnte er nicht helfen. Es brach den Großeltern das Herz. Der Schwiegertochter die Wahrheit zu sagen, trauten sie sich nicht. Man ließ sie hoffen. Vielleicht war das ein Fehler, denn meine Mutter lebte in diesen Tagen so, als würde mein Vater jeden Moment über die Schwelle treten. Mit einer künstlichen Heiterkeit bewegte sie sich in den Räumen der Wohnung, schmückte den Salon mit Blumen, ließ den Tisch für drei Personen decken, suchte Weine für das Abendessen aus, besprach das Menü mit der Köchin sorgfältig, als erwarte sie Gäste. Wenn sie morgens aus ihrem Schlafzimmer trat, duftete sie nach teurem Parfum, die Haare hochgesteckt, die Kleidung elegant wie für den Empfang hohen Besuchs; ihre Augen leuchteten voller Erwartung. Meist konnte ich sie hören, bevor ich einen Blick von ihr erhaschte. Ein zartes Klirren, erzeugt von den goldenen Armbändern an ihrem Handgelenk, begleitete ihr Erscheinen. Jeden Abend zog sie sich um für das Dinner, das wir dann doch wieder nur zu zweit einnahmen. Aber den nächsten Tag begann sie in gleicher erwartungsfroher Weise. Ich weiß nicht, wo sie die Kraft für ihr hoffnungsvolles Warten hernahm. Doch! Es war natürlich die Liebe, aus der sie diese Kraft schöpfte. Meine Mutter besaß eine ganz außerordentliche Liebesfähigkeit, die auch mir zuteilwurde. Es ist eine Gnade für ein Kind, wenn es sich so bedingungslos geliebt fühlt.«

Hier machte er eine Pause. Sein Blick ruhte auf dem dunkel glänzenden Wasser tief unter uns. In den Strahlen der Windlichter sahen seine Augen aus wie der See – schwarz und schimmernd. Ich konnte nicht genau erkennen, ob ihm Tränen in den Augen standen, aber das Licht brach sich in dem feuchten Schein seines Augapfels. Da er schwieg, verriet auch seine Stimme nicht, ob er sich mit Rührung an seine Mutter erinnerte. Sein Gesichtsausdruck war so traurig und schön, dass ich begann, leise zu weinen.

»Der Krieg ging zu Ende«, nahm er seine Erzählung wieder auf. »Ich war nicht einmal sechs Jahre alt. Ich kann mich genau an den Tag erinnern, als meine Mutter die gesicherte Nachricht von dem Tod meines Vaters bekam. Der englische General überbrachte sie. Er imponierte mir in seiner Uniform. Diesmal glaubte meine

Mutter ihm. Die Beweise waren erdrückend. Schweigend zog sie sich in ihr Schlafzimmer zurück. Stundenlang drang kein Laut durch die Tür. Ich blieb allein mit dem General zurück, verloren saß ich in einem großen Sessel, meine Beine baumelten schlaff hinunter, meine Beine erreichten noch nicht einmal den Fußboden, und doch hatte ich keinen Vater mehr. Der General war ratlos. Generäle schicken Väter in den Tod, Generäle sind nicht dafür geschult, Kindern mitzuteilen, dass ihre Väter tot sind. Also erhob sich der General, klopfte mir auf die Schulter und murmelte etwas wie ›Nur Mut, junger Mann!‹. ›Verpiss dich!‹, dachte ich oder ›piss off?‹, denn damals dachte und träumte ich in englischer Sprache. Es war das erste Mal, dass mir etwas so Grobes in den Sinn kam.

Am Abend trat meine Mutter aus ihrem Schlafzimmer heraus. Ich glaube, sie hatte geweint, aber das beeindruckte mich nicht so sehr, vielleicht, weil ich genau das erwartet hatte. Wirklich erschrocken war ich, weil sie alle Schminke von ihrem Gesicht entfernt, ihr elegantes Kostüm ausgezogen, allen Schmuck abgelegt hatte. Nie wieder hörte ich das leise Klirren der Armbänder, wenn sie einen Raum betrat. Sie erschien in einem weißen Hosenanzug. Nie wieder sah ich sie in einer anderen Farbe. Weiß, glaube ich, war für sie die Farbe der Trauer, die Abwesenheit von Farbe, mit der sie das Ende ihrer Lebensfreude zum Ausdruck brachte. Sie hatte meinen Vater zu sehr geliebt. Ich glaube nicht, dass die Nazis wussten, was sie ihr genommen hatten. Vielleicht hätten sie sich darüber gefreut, wenn sie es erfahren hätten. Meine Mutter umsorgte mich weiter mit großer Zärtlichkeit und Liebe, aber ich vermisste die Heiterkeit in ihrem Wesen.

Und wie trauerten erst meine armen Großeltern!

Der Krieg hatte ihnen zwei Kinder und zwei Enkelkinder genommen. Nun überschwemmten sie mich mit all ihrer Liebe. Meine Mutter wurde von einer großen Unruhe erfasst. Sie mochte nicht mehr in England bleiben, obwohl meine Großeltern ihr goldene Brücken bauten, aber es hielt sie nicht in dem Land, das ihren Mann in das Verderben geschickt hatte. Der verliebte General fand keine Erhörung. Er schoss sich eine Kugel in den Kopf. Vielleicht sollten das mehr Generäle tun.

Für meine Mutter und mich begann eine Zeit des Vagabundierens. Ich lebte wie ein kleiner Prinz am kaiserlichen Hof in Äthiopien, lauschte mit offenem Mund den Gesprächen von Schriftstellern und Malern in Paris, ich raufte mich mit amerikanischen Kindern im Central Park und stöberte durch die Räume eines alten Palazzos in den Hügeln der Toskana. Je nachdem, wo ich mich gerade aufhielt, sprach ich englisch, französisch, italienisch, mit meinen Großeltern deutsch. Lesen, schreiben, rechnen lernte ich bei einem Hauslehrer, einem blassen englischen Adligen, der mit uns reiste. Die Verarmung seiner Familie zwang ihn, diese Arbeit anzunehmen, die er schon bald mit Leidenschaft verrichtete. Er verehrte und liebte meine Mutter mit verzehrender Demut. Seine Augen nahmen im Laufe der Monate und Jahre einen ungesunden Glanz an, die unerfüllte Sehnsucht höhlte seine Wangen aus. Wie ein mageres fahles Gespenst schlich er um die Angebetete, die ihn mit freundlicher Unverbindlichkeit behandelte. Sein ungestilltes Liebesbedürfnis ergoss sich über mich, der ich damit nichts anfangen konnte und es vielleicht manches Mal mit Grausamkeit von mir wies. Alles, was ich bei dem Hauslehrer nicht lernte, lehrte mich das Vagabundenleben. Kunstgeschichte erfasste ich bei unseren Streifzügen durch die europäischen Museen und Paläste. Musik studierte ich in den Konzerten, die ich mit meiner Mutter besuchte. Über Politik und Geschichte erfuhr ich alles in den Diskussionen der Schriftsteller, Journalisten, Politiker, die in den Salons meiner Mutter ein und aus gingen. Mir fehlte es eigentlich an nichts. Vielleicht sehnte ich mich manchmal nach einem gleichaltrigen Freund, aber ansonsten gefiel mir unser Leben. Mein Großvater setzte meinem Vagabundieren ein Ende. Als ich 13 war, redete er meiner Mutter ins Gewissen. Meine Ausbildung müsse nun ernsthaft betrieben werden. Ich kam auf ein Internat in der Schweiz. Es war das erste Mal, dass ich merkte, welches Durcheinander an Wissen in meinem Kopf herrschte. Auf manchen Gebieten brillierte ich in der Schule, wusste viel mehr als meine Mitschüler, aber von Mathematik oder Physik hatte ich nur schemenhafte Vorstellungen und musste mit Nachhilfeunterricht auf den Stand der Klasse gebracht werden. Nur schwer ordnete ich mich in die Disziplin eines Schulbetriebs ein.

Als ich 15 Jahre alt war, erhielt ich eine Einladung meines Cousins nach Venedig. Er feierte seine Hochzeit ausgerechnet im Hotel ›Excelsior‹. Meine Mutter lehnte es ab, zu dem Fest anzureisen. Die Erinnerung an ihre eigene Hochzeit an demselben Ort schmerzte sie zu sehr, aber sie bat mich dringend, sie in Venedig zu vertreten. Ich freute mich über die Abwechslung. Reisen lag mir im Blut, und ich hatte das Internat schon wochenlang nicht verlassen.

Mein Cousin Shimon war damals 30, seine Braut ein paar Jahre jünger. Die Hochzeit war von den Eltern der Brautleute ausgehandelt worden. Wenn es um die Verehelichung ihrer Kinder geht, helfen jüdische Familien gern etwas nach. Vielleicht kann man das verstehen, wenn man bedenkt, wie oft in der Geschichte Juden in ihren Gastländern in Schwierigkeiten gerieten. Man rückt zusammen. Aber vielleicht hat gerade dieses Verhalten uns immer wieder in Nöte gebracht.

Nach Venedig hatte ich mit meiner Mutter nie einen Fuß gesetzt. Eigentlich muss man sich der Stadt von der Wasserseite nähern, um ihren Charme und ihre Kraft, die sie jahrhundertelang aus der Seefahrerei schöpfte, zu begreifen. Leider reiste ich mit dem Zug an. Man verlässt den Bahnhof und steht sofort am Wasser des Canal Grande. Warme, feuchte Luft schlug mir entgegen, nicht unangenehm, eher einlullend. Obwohl ich schon viele bemerkenswerte Orte in meinem jungen Leben gesehen hatte, überwältigte mich diese Stadt. In stummer Bewunderung stand ich auf den Stufen des Bahnhofs. Mir blieb der Atem stehen. Wie in einem Traum bestieg ich ein Motorboot, das mich an den Lido hinausbrachte, vorbei an den Palazzi der berühmten venezianischen Familien: Vendramin, Pisani, Grimani, Foscari. Die Pracht und vornehme Würde der alten Paläste stand im Gegensatz zu dem lärmenden Tumult in den Gassen und auf den Kanälen. Die Gondolieri brüllten sich an, wenn einer dem anderen in die Quere kam; die Händler auf den Straßen schoben ihre Karren durch die Menge und schimpften, wenn man ihnen nicht schnell genug Platz machte. Auf der Rialtobrücke standen dicht gedrängt die Touristen. Kinder lärmten und lachten und winkten mir von der Brücke aus zu. Die Sonne schien warm. Ich stand im hinteren offenen Teil des Bootes und konnte mich nicht sattsehen an dem Trubel.

An der Basilica della Salute wurde der Betrieb noch verrückter. Das Wasser schlug unruhige Wellen, teils von dem Wind verursacht, der in der Lagune wehte, teils von den Booten, deren Wege sich hier anscheinend ohne feste Regeln kreuzten, sodass einem angst und bange wurde, wenn die großen Fähren, die Liniendampfer, die Motortaxis und die Gondeln hin und her zu den Anlegern am Markusplatz, zur Giudecca, hinaus zum Lido strebten, von einer mit Blaulicht vorbeirasenden Polizia verdrängt. Die Fahrwege mit Tonnen begrenzt, deren Bedeutung mein Schiffsführer genauestens kannte. Mir hingegen erschien das Ganze wie ein Sinnbild des Chaos.

Der Betrieb nahm ab, sobald unsere Heckwelle gegen die Mauern der Inseln San Servolo und Isola degli Armeni schlug. Die Armenier, ein fast ebenso unglückliches und umhergetriebenes Volk wie die Juden, auf dieser winzigen Insel haben sie sich eine kulturelle und religiöse Zufluchtsstätte geschaffen.

Man müsse leider langsam fahren, erklärte mir mein Fahrer, ›Polizia! – Das ist teuer!‹ Er rieb die fiktiven Scheine zwischen seinen Fingerspitzen. ›Die Geschwindigkeitsbegrenzung ist zum Schutz der Mauern.‹ Mir war die langsame Fahrt nur recht. Ich genoss jede Sekunde auf dem Wasser. Rechts von uns Pfeiler, auf jedem von ihnen lauerte eine riesige weiße Möwe, wartete auf Beute. In der Lagune lagen überall Netze aus. Was bloß fingen sie in der braunen, unruhig schwappenden Brühe? Auf Nussschalen großen Booten hockten Angler, hielten träge ihre Ruten ins Wasser, genossen die Ruhe in ihren gemütlich schaukelnden Booten und schienen gar nicht erpicht, einen Fang zu machen.

›Der Lido!‹, rief mein Bootsführer, als wir links in einen schmalen Kanal einbogen. Wir passierten zwei kleine Brücken. ›Attenzione! La Testa‹, kommandierte der Bootsführer und deutete auf seinen Kopf. Das Wasser stand hoch, ich musste in die Knie gehen, um nicht mit der Stirn an die Brücke zu schlagen. Hinter der zweiten Brücke erblickte ich das Hotel ›Excelsior‹. Ein großartiger Palast mit Türmchen, Zinnen und einer riesigen Kuppel in der Mitte. Welchen unterschiedlichen Baustilen der Architekt Referenz erweisen wollte, das konnte man nur erahnen. Es war ihm aber doch gelungen, den Eindruck von Pracht und Herrschaftlichkeit zu erwecken. Wir legten seitlich an einem Steg an. Sofort stürzte ein grünbefrackter Angestellter herbei, übernahm meine Koffer und führte mich den Steg entlang, durch einen Gang, die Treppe hinauf zur Rezeption. Ein anderer Junge in meinem Alter wäre wohl vor der Eleganz dieses Luxushotels und der Würde der distinguierten Angestellten zurückgeschreckt. Es ist wahr, ich war erst 15, aber von diesen 15 Jahren war ich acht an der Seite meiner Mutter durch die Welt gereist. Wir waren im ›Ritz‹ in Paris abgestiegen, im ›Savoy‹ in London, in Zürichs ›Baur au lac‹, mich beeindruckte kein Luxushotel dieser Welt, und der Rezeptionschef mochte sich wohl wundern, mit welcher Selbstverständlichkeit ich mich bei ihm in italienischer Sprache anmeldete und als Hochzeitsgast zu erkennen gab. Vielleicht wirkte ich auch frühreif und arrogant auf ihn. Er ließ es sich nicht anmerken.

Am frühen Abend trafen sich die bereits angekommenen Gäste in legerer Kleidung auf der

Terrasse des Hotels. Von der Terrasse aus blickte man auf das Meer, eine breite Treppe, von zwei Sphinxen bewacht, führte hinunter zum Strand, auf dem weiße Sarazenenzelte für die Badegäste aufgestellt waren.

Ich begrüßte meinen Cousin Shimon, den ich mehrere Jahre nicht getroffen hatte. Trotzdem erkannte ich ihn gleich und freute mich, ihn zu sehen, denn Shimon hatte mich jedes Mal, wenn wir uns in der Vergangenheit begegnet waren, an einer Hand und einem Fuß gepackt, um mich kreiselnd abheben zu lassen. Diese Flüge hatte ich geliebt und nicht vergessen. Shimon stellte mich seiner Braut vor. Noch nie hatte ich eine so beeindruckende Frau erlebt, außer meiner Mutter natürlich. Lea war nicht eigentlich schön, sie war aufregend, mit dunklen, feurig glänzenden Augen, die mich ein wenig spöttisch musterten, was mich ärgerte, denn sie sollte mich nicht wie ein kleines Kind behandeln. Um ihren Kopf flatterten wirre Locken, die sie offensichtlich nicht zähmen konnte. Unter ihrer leicht gebogenen Nase leuchtete ein voller roter Mund, mit dem sie mich auf die Stirn küsste. Nur Kinder küsst man auf die Stirn. Ich war wütend, ergriff ihre

Hand und beugte mich ganz formell zum Kuss über die langen, mit Brillantringen geschmückten Finger.

Lea warf den Kopf zurück und lachte laut heraus.

›Du bist doch jetzt mein Cousin, mon ami!‹

Dann nahm sie mein Gesicht zwischen ihre Hände und küsste mich links und rechts auf die Wange.

Den ganzen Abend versuchte ich, mich in Leas Nähe aufzuhalten. Von ihrem Körper ging eine prickelnde Erotik aus, ich konnte nicht genug von diesem Flair bekommen. Ich war 15 und allzu empfänglich, aber ich erinnere mich, dass auch die anderen Männer sich von Leas Ausstrahlung angezogen fühlten. Ich wachte eifersüchtig darüber, dass keiner zu lange neben ihr verweilte.

In dieser Nacht lag ich bei offenem Fenster nackt auf meinem Laken. Die Nacht brachte kaum Abkühlung, und ich warf mich unruhig hin und her, gequält von eifersüchtigen Gedanken. Mehrfach beschloss ich, Lea auf ihrem Zimmer zu besuchen, unter einem Vorwand an ihrer Tür zu klopfen. Mir fehlte der Mut.

Am nächsten Morgen gelang es mir nicht, auch nur einen Blick auf Lea zu erhaschen. Sie blieb verschwunden, ließ sich von Friseuren und Kosmetikern für ihre Hochzeit herrichten. Unter Führung des Bräutigams brachen die Hochzeitsgäste lärmend und lachend zu einer Gondeltour auf, die an der Terrasse des Hotel ›Gritti‹ enden sollte, wo ein Mittagsmahl für uns vorbereitet war. Ich entschuldigte mich mit Kopfschmerzen. Ich wolle versuchen, sie bis zum Abend loszuwerden. Ein Bad im Meer sei wohl das Beste. Ich lungerte in den Gängen des Hotels herum, in der Hoffnung auf Lea zu stoßen. Ich sah sie erst am Spätnachmittag wieder, als sie mit Shimon unter die Chuppa, den Traubaldachin, trat. Während der Rabbiner den Wein segnete und Shimon ihr den Ring übergab und die Antrauungsformel sprach, schweifte Leas Blick unruhig durch die Gegend. Die Zeremonie fand auf einer verwunschenen, mit Pflanzen überwucherten und von Putten bewachten Terrasse des Hotels statt. Mir schien es, als ob Leas Augen nach einem Fluchtweg suchten, aber diese Idee mag meiner erregten Fantasie entsprungen sein. Als der Rabbi die Ketubba in Aramäisch verlas, zupfte sie nervös an ihrem Ärmel herum und drehte ununterbrochen den Ring an ihrem Finger. Hastig unterschrieb sie den Vertrag, der die Pflichten des Mannes regelt. Mit der Unterzeichnung sichert der jüdische Ehepartner seiner Angetrauten Unterstützung, Ernährung, gesundes Leben und Freude zu, übrigens auch Geschlechtsverkehr. Dieser Passus machte mich besonders wütend. Lea ergriff ungeduldig das Glas mit Wein, das der Rabbi ihr reichte; sie schien erleichtert, als Shimon, dem alten Brauch folgend, das Glas unter seinem Fuß zerbrach, um an die Zerstörung des Tempels zu erinnern, weil die Zeremonie sich damit dem Ende zuneigte.

Lea war in dieser erregten Stimmung noch schöner als am Abend zuvor. Während des Diners wendete ich kein Auge von ihr. Die jüngere Cousine, die neben mir saß, zeigte Anzeichen der Beleidigung. Zu Recht.

Beim Brauttanz mochte ich nicht dabei sein. Ich wollte nicht mit ansehen, wie Lea beim Walzer in den Armen meines Cousins liegen würde.

Ich setzte mich auf die Treppe, die zum Strand hinunterführte. Ich hatte wohl ein oder zwei Gläser Champagner getrunken und ein Glas

Wein zum Diner. Ein wenig spürte ich den Alkohol. Ich sah auf das Meer, ich hörte es nicht. Die Kapelle spielte zu laut. Ich sah meine Mutter, wie sie in den Armen meines Vaters tanzte, das schönste Liebespaar des Jahrhunderts, ein glückliches Hochzeitspaar vor mehr als 15 Jahren auf dieser Terrasse. Sie drehten sich zu den Klängen des Walzers, die schlanke, hochgewachsene Äthiopierin mit der goldbraunen Haut, den leicht schräg gestellten Augen und der fast blonde, fast 1,90 Meter große Jude, athletisch, ohne Säbelbeine, ohne Hakennase, weder schmalbrüstig noch plattfüßig, zwei ›Untermenschen‹. Ich hörte die Stimme des etwas älteren Schulkameraden in meinem Schweizer Internat: Sachlich und kühl flüsterte er mir das Wort ›Schweinejude‹ ins Ohr. Ich erinnerte mich an den Hass im Blick des deutschen Jungen. Er erst machte mich zu einem Juden. Meine Gedanken stimmten mich traurig.

Plötzlich saß Lea neben mir, reichte mir ein Glas Champagner. Ich trank.

›Es sieht so aus, als ob wir schon zwei sind, die in diesem Trubel ein wenig Ruhe zum Nachdenken suchen‹, sagte sie.

›Wieso musst du nachdenken, Lea, es ist deine Hochzeit. Ist das nicht der schönste Tag in deinem Leben?‹, fragte ich meine Cousine.

›Ach, Ariel!‹, seufzte sie.«

Ariel, das also war sein Name. Bisher hatten wir uns in völliger Anonymität, zwei Menschen ohne Namen, gegenüber gesessen. Er hatte mich, seine erwählte Biografin, völlig vergessen.

»Ariel – ein Luftgeist also sind Sie?«, sagte ich. »Das passt zu Ihnen.«

»Nein, ich bin der Löwe Gottes«, lächelte er und erzählte weiter von Lea.

»›Ich bin 27 Jahre alt‹, erklärte mir Lea, ›ich habe Kunst in Paris und New York studiert, gerade jetzt stellt eine kleine Galerie in Manhattan meine Bilder aus. Ich habe zwischen Künstlern und Literaten gelebt; in kleinen Kneipen in Paris haben wir die Welt in Grund und Boden diskutiert; wir haben auf den Tischen getanzt und betrunken unter den Tischen gelegen; wenn mir ein Mann gefiel, bin ich mit ihm ins Bett gegangen; wenn er mir dann immer noch gefiel, blieben wir für einige Zeit zusammen. Was glaubst du, wie ich als Ehefrau leben werde? Die Ehe ist für Frauen ein Gefängnis. Ich fürchte mich davor.‹

›Liebst du Shimon denn nicht?‹, fragte ich.

›Wir mögen uns?‹

›Warum heiratest du ihn?‹

›Du kennst die Leidenschaft der jüdischen Familien, Ehen zu arrangieren.‹

Da irrte Lea, ich wusste davon nichts. Auf unseren Reisen hatte ich vieles gelernt und vieles nicht.

›Es passt alles so gut‹, fuhr sie fort. ›Und das ist das Wichtigste: Unsere Eltern wünschen diese Verbindung.‹

›Aber warum hast du zugestimmt?‹

›Gehen wir ein Stück, Ariel.‹

Lea zog ihre hochhackigen Schuhe aus und warf sie in hohem Bogen in den Sand, nahm meine Hand und lief hinunter zum Meer. Mir blieb nichts anderes übrig, als ihr zu folgen. Es war das, wonach ich mich den ganzen Tag gesehnt hatte. Wir rannten am Wasser entlang, bis der Lichtkegel des hell erleuchteten Hotels hinter uns lag, bis wir die Klänge der Musik und das Lachen der Leute nicht mehr hörten. Plötzlich warf Lea sich erschöpft und lachend in den Sand, ohne auf ihr prächtiges Hochzeitskleid zu achten. Ausgestreckt lag sie auf dem Rücken und ich beobachtete, wie sich ihre Brust, nach Atem ringend, hob und senkte.

Ich ahne bis heute nicht, woher ich in diesem Moment wusste, was ich zu tun hatte. Ich habe gehört, dass die meisten jungen Männer beim ersten Mal so nervös und aufgeregt sind, dass sie alles verpatzen. Über mich hingegen kam eine große Ruhe; ich spürte in mir das Wissen von Tausend Jahren, erinnert von meinen Genen. Mit dieser Sicherheit öffnete ich die Knöpfe über ihrem Busen, ohne Hast, voller Vorfreude auf den Anblick, den ich gleich genießen würde. Das Bustier war in ihr Kleid eingearbeitet. Als ich den Stoff zur Seite schob, erblickte ich die sanften weißen Hügel im blassen Mondlicht. Ich wusste, dass ich die Spitzen mit meinen Lippen umschließen, dass ich sie mit meiner Zunge zart liebkosen musste; an ihren leisen Seufzern merkte ich, dass es gut so war. Ich hatte keine Eile, obwohl ich bereit war. Sie selbst raffte den Stoff ihres Kleides hoch. Damals zogen die Frauen noch nicht diese scheußlichen Strumpfhosen an, sie trugen Strümpfe, an Bändern befestigt, und so musste ich nur noch ein Stück roter Seide entfernen, um ins Paradies vorzudringen. Das Dessous aus feinster Spitze steckte ich in die Tasche meiner Frackhose. Ich gab es ihr nicht zurück. Nie wieder war ich so überwältigt von der Schönheit eines weiblichen Dreiecks. Nur von den Strahlen des Mondes beschienen, bot es sich meinen Augen dar. Ich nahm mir alle Zeit der Welt, um es zu genießen. Ich wusste aus verborgenen Erinnerungen, die ich aus der Tiefe meines Unterbewusstseins schöpfte, dass die Langsamkeit den Genuss erhöhen würde. Ich wollte für ewig dort liegen bleiben, in meinen Armen Lea, sie mit meinen trägen Bewegungen erregend.«

Ich, seine stumme Zuhörerin, existierte nicht mehr. Er merkte nicht, welche Stürme er in mir entfachte. Ich wünschte mir, einen Platz in seiner Geschichte einnehmen zu dürfen. Ich fürchtete, dass am Ende seiner Geschichte kein Platz für mich sein würde. Er schaute mich nicht an, seine Augen waren auf den schwarzen See gerichtet, aber eigentlich blickte er wohl zurück, weit zurück in die Vergangenheit.

»›Das nun also war meine Hochzeitsnacht‹, flüsterte Lea, als alles vorbei war, und ich spürte, dass sie es nicht bedauerte. Nach dem Höhepunkt legte ich meinen Kopf auf ihre Brust, wiegte mich im Auf und Ab ihres Atems und gestand ihr, dass sie die erste Frau in meinem Leben sei.

›So habe ich nun mein schönstes Liebeserlebnis mit einem 15-jährigen Debütanten gehabt‹, sagte sie staunend, streichelte dabei sanft über mein Haar. ›Woher nur hast du dieses Wissen, Ariel?‹

Ich wusste nicht, was sie meinte. Erst später erfuhr ich, dass es für Frauen nicht immer schön ist, mit einem Mann zusammen zu sein. Ihre Worte machten mich auch nicht stolz oder eitel. Ich genoss einfach nur, dass ich sie glücklich gemacht hatte.

Lea war und ist auch heute noch eine Rebellin. In dieser Nacht, ihrer Hochzeitsnacht, bewies sie im Sand am Lido, dass sie nicht bereit war, mit ihrer Vermählung auch ihre Freiheit aufzugeben. Ihre Ehe mit Shimon ging natürlich nicht gut. Lea brach fünf Jahre nach der Hochzeit aus dem von ihr als Gefängnis empfundenen Bund aus und lebte ein wildes, verrücktes Künstlerleben.

Wenn wir uns in den Jahren danach trafen, sahen wir uns lächelnd in die Augen und erlebten für einen verzauberten Augenblick die Erinnerung an unsere Begegnung am Lido. Niemand um uns herum ahnte etwas. Das Geheimnis aber wurde ein ewiges Band zwischen uns.

Ich beschloss in dieser Nacht, nie mehr ohne eine Frau zu sein. Die Rückkehr ins Internat änderte nichts an diesem Beschluss.«

»Ich muss jetzt gehen«, sagte ich. Er reagierte nicht, sodass ich nicht ganz sicher war, ob ich den Satz wirklich laut ausgesprochen hatte oder ob es nur ein Gedanke gewesen war. Ich wollte nicht noch mehr Frauen aus seinem Leben kennenlernen. Die Eifersucht wühlte in mir.

»Ich muss gehen«, wiederholte ich. Und er blickte erstaunt auf, als sehe er mich zum ersten Mal und wundere sich, was ich in seinem Haus, hier auf seiner Terrasse suchte.

»Sie werden wiederkommen«, sagte er. Es klang nicht wie eine Frage. Also brauchte ich auch nicht zu antworten. Ich wollte ihn nicht wiedersehen, ich wollte Schluss machen mit dieser merkwürdigen Geschichte, die sich von der ersten Minute an ohne meine Kontrolle entwickelt hatte. Ich muss immer die Kontrolle behalten, sonst laufen die Dinge schief. Meine Schieflage war auch so nicht zu übersehen. Der Boden unter meinem linken Bein gab nach, es ist mein Sprungbein, und das beunruhigte mich. Ich verließ ihn. Mein Aufbruch schien ihn nicht zu irritieren. Wahrscheinlich war er überzeugt, dass ich zurückkehren würde.

V.

Am Tag darauf – ich hatte mein Kommen nicht angekündigt, deshalb war ich nicht sicher, ob ich ihn antreffen würde. Die Tür stand offen, also trat ich ins Haus. Ich blieb einen Augenblick in dem großen Raum stehen. In seiner Kargheit strahlte er Ruhe und eine Art geistiger Fülle ab. Nichts störte die Harmonie.

Ich sah ihn erst, als ich mich ein paar Schritte in Richtung Terrasse bewegte. Er lag ausgestreckt auf einer der Liegen, ein Bein auf dem Boden abgestützt, ein Arm ruhte lässig auf der Lehne, zwischen den Fingern hielt er auf seine unglaublich elegante Art eine Zigarette. In der anderen Hand lag ein aufgeschlagenes Buch, in dem er aber nicht las. Er blickte versonnen auf seinen See, der in der Spätnachmittagssonne glühte. Wie er dort entspannt lag, faszinierte mich. Ich verharrte, um das Bild einen Moment zu studieren. Dieses ›nur dort Liegen‹ spiegelte den Eindruck von großer Sicherheit wider, der Richtigkeit, dass er sich an dieser Stelle in diesem Augenblick aufhielt. Ich dachte wieder an die bröselnde Erde unter meinem linken Bein. Ich fühlte erneut, wie schief ich auf meinem Untergrund stand. Und plötzlich wurde mir klar, dass ich mich noch nie in meinem Leben überzeugt an irgendeinem Ort befunden hatte. Das erklärt, warum ich mich immerzu bewege – im Kreis oder vor und manchmal wieder zurück.

»Sie kommen spät«, sagte er und erhob sich, mühelos wie ein junger Mann. Ich weiß nicht, woran er merkte, dass ich mich in seinem Haus aufhielt. Ich war auf leisen Sohlen herangeschlichen.

»Ich habe im Stau gestanden«, entschuldigte ich mich und dachte sofort, wie idiotisch ich mich benahm. Schließlich hatte ich ihm am Vortag mitgeteilt, dass ich nicht wiederkehren würde. Es ärgerte mich, dass er offensichtlich keinen Moment an meinem Kommen gezweifelt hatte.

»Sie sehen ein wenig müde aus.«

Für einen Augenblick legte er die Innenfläche seiner linken Hand auf meine Wange. Ich fühlte Geborgenheit.

»Ich mache Ihnen einen Kaffee. – Genießen Sie die Sonnenstrahlen.«

Er verschwand in der Küche und ließ mich stehen. Er sollte mich nicht stehen lassen, ich wollte keinen Kaffee.

Der starke Espresso tat mir gut. Ariel ließ mir Zeit, mich zu entspannen. Schweigend saß er neben mir, während ich trank. Es war schön, mit ihm zu schweigen.

Nach einiger Zeit begann er zu erzählen.

»Melancholie begleitete mich auf meiner Fahrt zurück in die Schweiz. Die Schweizer Landschaft ging mir auf die Nerven, diese saftigen grünen Wiesen mit den netten, geruhsam grasenden Kühen darauf; die idyllischen Seen, umgeben von lieblichen Hügeln, auf die man säuberliche Häuschen gestellt hatte, eingerahmt von frisch gestrichenen Zäunen.

›Der Scheißjude ist wieder zurück‹, begrüßte mich der Deutsche. Er stand in einer Gruppe von Freunden, die eher verlegen grinsten. Keiner sagte etwas. Ich ging auf den Deutschen zu, ganz dicht, seine Augen fest im Visier.

›Du möchtest das sicher draußen im Wald besprechen!‹

Er hatte keine Wahl. Seine Freunde schauten ihn erwartungsvoll an. Er zuckte lässig mit den Schultern.

›Kein Problem!‹

Er sah nicht aus, als könne er es kaum erwarten. Der Deutsche war etwas größer als ich, aber nicht sehr athletisch.

Ich haute ihm mit dem ersten Schlag mitten in seine Fresse; der nächste Schlag ging auf die Nase. Das Blut tropfte auf die schöne grüne Wiese. Es wurde Zeit, dass die Schweizer Idylle ein wenig gestört wurde. Er fasste sich an die Nase und schaute entsetzt auf seine blutige Hand. Ich musste ihm noch eins auf die Fresse geben. Er wehrte sich kaum, hielt nur den Arm schützend über seinen Kopf. Scheiße! Warum nur hatten wir ihnen nicht schon früher was auf die Schnauze gegeben? Ich hatte genug von ihm, ließ ihn einfach stehen. Dann ging ich hinunter ins Dorf, setzte mich in die Kneipe und bestellte ein Bier. Die Kellnerin war hübsch und prall, ein junges Mädchen aus der Umgebung, kaum älter als ich. Sie hatte frische rote Wangen, genau wie man es bei einem Bauernmädchen erwartet.

Als sie mir das Bier hinstellte, sagte ich, ich würde lieber von ihren Lippen trinken, denn die wären sicher erfrischender als jedes Getränk. Sie lachte.

›Probier es doch!‹, antwortete sie in kehligem Schwyzer Deutsch, das bei ihr sehr süß klang. Sie liebte so fröhlich, wie sie lachte. Mit ihrer Hilfe ertrug ich die mir noch verbleibenden Schuljahre.

Das Abitur in der Tasche bereiste ich zum ersten Mal in meinem Leben Israel. Das gelobte Land. 400 Kilometer lang und 16 Kilometer breit. Wie beschissen muss es einem gehen, um dieses Land zu loben? Ein Tritt in den Arsch und die Juden schwimmen im Meer. Nur ein gepanzerter Arsch schützt vor der Wut der Araber. Mein Großvater hatte gewünscht, dass ich diese Reise antrete. Er fürchtete, ich würde zu wenig jüdisch fühlen. Ich glaube nicht, dass Israel mich zu einem besseren Juden machte.

Die Stimmung im Land war im Jahr 1959 noch von Optimismus geprägt. Einwanderer drängten ins Land in der Hoffnung auf ein besseres Leben. Die von Palästinensern gezündeten Bomben, das überall präsente Militär erinnerten daran, wie unsicher die Existenz dieses kleinen Staates war. Ich wollte weg. Und wenn ich dieses gelobte Land nicht sofort verließ, dann nur wegen der Augen der Frauen. Welch Vielfalt und welch geheimnisvolle Schönheit. Gibt es ein Land, in dem sich auf 20.000 Quadratkilometern so viele unterschiedliche Frauentypen tummeln?

Ich traf Gertrud. Gertrud, welch Ironie, was hatten sich die Eltern nur gedacht, als sie ihre Tochter auf diesen germanischen Namen tauften? Vielleicht hatten sie die Hoffnung, das germanische Namensschild werde das Kind vor den Verbrechern schützen. Gertrud hatte keine Chance, ihre Eltern danach zu fragen. Sie hatte kaum eine Chance bekommen, sich an ihre Gesichter zu erinnern. Zu Gertrud gehörte eine dieser fantastischen, unglaublichen Geschichten des Entrinnens vor den Todesmaschinen der Deutschen. Ihre Eltern, ihre Geschwister tot, aber sie überlebte. Ich bin es leid, diese Geschichten zu erzählen und zu hören. Die Wunder der Errettung.

Sollen wir Gott dafür loben? Einen besoffenen Gott, der würfelt: Du lebst. Du stirbst. Gertrud, du lebst. Ein Onkel nahm sie mit nach Israel. Ich lernte sie in einer Eisdiele in Jerusalem kennen. Kann es etwas Normaleres geben? Zwei junge Menschen lernen sich in einer Eisdiele kennen. Wir standen nebeneinander und bestellten wie aus einem Mund – Vanille, Erdbeer, Zitrone. Wir schauten uns an, lachten.

›Meine Lieblingssorten‹, sagte ich.

›Meine auch‹, sagte sie.

Wir setzten uns zusammen an einen Tisch.

Das Schlimme in Israel war, dass ich die Holocaust-Überlebenden erkennen konnte. An ihren Augen, an ihrem Verhalten, an ihren Gesten. Niemand redete über das Entsetzliche, aber ich sah es den Menschen an. Ich sah es auch bei Gertrud.

Vielleicht war ich deshalb unglücklich in Israel. Ich war jung. Ich wollte leben, ich wollte lieben. Ich wollte die Menschen nicht hassen müssen.

Ich wollte Gertrud lieben.

Wir saßen an dem Tisch in der Eisdiele, bis es dämmerte, und redeten. Ich begleitete Gertrud durch die Gassen der Altstadt nach Hause, und wir redeten. Ich hatte kein Auge für die jahrtausendealte Kulisse der Stadt. Ich redete mit Gertrud. Es fing an zu regnen, wir gingen weiter und redeten. Plötzlich bemerkte ich, dass Gertrud schon ganz durchnässt war. Die dunklen Locken klebten feucht an ihrem Kopf, in ihren langen Wimpern glänzten die Regentropfen. Ein alter Mann unter einem Schirm kam uns entgegen. Lachend und nur im Scherz bat ich:

›Leih uns doch deinen Schirm aus, Väterchen, die Schöne neben mir hat gleich nichts Trockenes mehr am Leib!‹

›Du kannst ihn geschenkt haben, ich bin gleich hier zu Hause‹, antwortete er und drückte mir seinen Schirm in die Hand. Er schaute mit warmen, liebevollen Augen auf uns, zufrieden, dass wir zwei Turteltauben nun im Trockenen standen. Dann verschwand er in einem der Häuser. Diese Freundlichkeit. Der Alte öffnete mir die Augen. Ich sah die Menschen um mich herum, diese unterschiedlichen Gesichter und doch ein Volk – Gesichter, die der Bibel entstiegen schienen: chassidische Juden mit Schläfenlocken und langen Bärten, in ihre schwarzen, bis zum Boden reichenden Mäntel gehüllt; Gesichter aus

Äthiopien, Nordafrika, Südafrika, Indien; junge Leute, die man genauso auch auf den Champs-Élysées oder der Fifth Avenue treffen könnte und 100-jährige Gesichter mit so weisen Augen, dass man es für möglich hielt, auf Abraham persönlich gestoßen zu sein. Und doch ein Volk – geeint im Glauben. Zum ersten Mal seit meiner Ankunft in Israel spürte ich etwas wie Zugehörigkeit.

Gertrud und ich standen unter dem Schirm und schauten uns an. Ich schaute in Gertruds schwarze Augen und zögerte. Ganz zart und schüchtern berührte Gertrud meine Hand. Ich beugte mich zu ihrem Gesicht hinunter und küsste ihren Mund. Ich wusste, dass ich Israel nicht gleich wieder verlassen würde.

Mein Großvater kaufte ein Appartement im Jerusalemer Stadtteil Yemin Moshe. Das Viertel lag nach der Teilung der Stadt 1948 ganz nah an der Grenze und wirkte daher ein wenig vernachlässigt, weil viele es als zu gefährdet betrachteten. Nach der Wiedervereinigung wurde es eines der beliebtesten Wohnviertel der Stadt. Selbst in kleinen Dingen zeigte mein Großvater eine glückliche Hand. Die Wohnung war viel zu groß und prächtig für mich, aber mein Großvater wollte sie selbst nutzen, wenn er sich in Israel aufhielt. Ich hatte das Gefühl, dass ihm der Gedanke gefiel, mit einem Fuß auf geheiligter Erde zu stehen. Zwar hielt er es nicht allzu streng mit den Glaubensvorschriften, aber je älter er wurde, desto großzügiger unterstützte er die Zionisten, und Jerusalem wurde für ihn immer mehr ein Ort der Sehnsucht. Ich glaube, er spielte mit dem Gedanken, dort zu sterben. Es freute ihn, mich in der ›Heiligen Stadt‹ zu wissen. Er nahm nicht ganz zu Unrecht an, dass ich dabei war, meine Wurzeln zu entdecken.

Gertrud war ein paar Jahre älter als ich, aber das machte nichts. Im Grunde waren wir beide in manchem älter und in einigem jünger als die tatsächlichen Jahre, die wir zählten. Ich hatte viel von der Welt gesehen, war mit interessanten Menschen zusammengetroffen, andererseits hatte meine Mutter mich bewusst vor allem Bösen und Traurigen geschützt. Sie wollte verhindern, dass ich mit Hass auf die Menschen, auf die Mörder meines Vaters, meiner Tante, meiner Cousins und Cousinen aufwuchs. Nein, Hass passte nicht zu meiner Mutter, sie selbst hasste auch nicht. Sie war traurig, die Traurigkeit war der ihr gemäße Ausdruck. Ich verlebte also eine unbekümmerte Jugend. Erst als ich 15 war, erzählte mir mein Großvater die Wahrheit über den Tod meines Vaters. Er fand es falsch, mir die Tatsachen zu unterschlagen.

Gertrud dagegen hatte Grausames erlebt, niemand hatte sie davor geschützt, das machte sie erwachsener, andererseits aber hatte man ihr die Kindheit gestohlen, Jahre, in denen gleichaltrige Mädchen mit ihren Freundinnen auf der Schulbank über einen Lehrer gekichert hatten, sich ihre neuen Kleider gezeigt und ihre Zopfspangen verglichen, mit Puppen gespielt und lustige Kinderbücher gelesen hatten. Gertrud fehlten diese Jahre. Dadurch erschien sie jünger, als sie war.«

Ariel machte eine Pause.

»Möchten Sie noch etwas trinken, einen Wein oder einen Gin Tonic?« Ich merkte zuerst nicht, dass er mich ansprach. Ich war ganz in seine Geschichte vertieft und hing meinen Gedanken nach.

»Ja, Gin Tonic.« Ich nickte.

Ich trinke nie Gin Tonic, in jungen Jahren hatte ich einmal zu viel davon, mir war so übel geworden, dass ich eine Nacht lang kotzte. Später konnte ich nicht einmal mehr den Geruch nach Wacholder ertragen.

Er brachte zwei Gläser und einen Teller mit kleinen, aufgebackenen Frühlingsrollen.

Merkwürdigerweise schmeckte mir der Gin, und ich kippte ihn in ein paar Zügen hinunter. Er holte mir einen zweiten, den ich ebenso schnell vernichtete. Vielleicht wollte er mich betrunken machen. Ich hoffte es ein wenig und arbeitete mit einem dritten Drink daran. Warum? Weil ich erwartete, dass er sich um eine Frau in hilflosem Zustand kümmern müsse? Ich trank das dritte Glas bis auf den letzten Tropfen leer. Er würde kaum über eine Betrunkene herfallen.

Als ich erwachte, saß er neben mir auf der Liege und strich mit seiner Hand über mein Haar. Es fühlte sich verdammt väterlich an.

»Geht es Ihnen gut?«, fragte er.

»Ich mag gar keinen Gin«, flüsterte ich mit schwerer Zunge.

»Nein«, sagte er.

»Ich kann jetzt nicht mehr Auto fahren.«

»Nein«, sagte er erneut.

Er breitete eine warme Felldecke über mich, einen Fuchs oder etwas Exotischeres, vielleicht ein Tigerfell, das passte besser zu ihm. Ich liebkoste die Decke mit meinen Fingern. Sie fühlte sich weich an, vielleicht ein Grizzlybär. Sicher hatte er ihn selbst erlegt. Ich schlief wieder ein. Ich träumte von einem Hund. Zuerst war er ganz klein und niedlich, ich streichelte sein Fell und kraulte ihn zärtlich hinter den Ohren. Der Hund wuchs unter meinen Händen. Wir tobten miteinander, wälzten uns auf dem Boden und kämpften spielerisch. Ich jedenfalls spielte, aber der Hund fletschte plötzlich die Zähne, begann an mir zu zerren, gefährlich knurrend nach mir zu schnappen. Er machte mir Angst. Ich wollte zurück zum Spiel, aber der Hund, der jetzt zu erschreckender Größe angewachsen war, zeigte mir, wenn ich mich näherte, die spitzen Zähne. Schweißgebadet und verängstigt erwachte ich. Es war Nacht. Überall auf der Terrasse brannten Windlichter. Er lag auf dem anderen Terrassenstuhl. Das Windlicht auf dem Tisch beschien sein Gesicht. Im Schein der Kerze sah er alterslos aus.

Ich lag ganz still unter meiner Felldecke. Keine Bewegung sollte ihm verraten, dass ich wach war. Ich wollte ihn in aller Ruhe betrachten, sein Gesicht aus meinem Versteck heraus enträtseln.

»Geht es Ihnen besser?«, fragte er, ohne seine Augen vom Anblick des Sees zu trennen.

Ich fühlte mich ertappt, räkelte mich und gab vor, gerade erst zu erwachen.

»Wie spät ist es?«

»Nach Mitternacht.«

Ich wollte unter meinem Fell liegen bleiben. Ich konnte mich nicht erinnern, irgendwo ein Zuhause zu besitzen. Ich lauschte der Stille hinterher.

»Dann erzähle ich jetzt noch ein bisschen«, sagte Ariel: »Ich glaube nicht, dass Gertrud mich verraten wollte, aber sie verdankte dem Staat Israel alles. Sie war eine glühende Zionistin und bereit, für ihr Land zu kämpfen. Sie erwartete, dass jeder Jude ebenso empfand wie sie, und natürlich erwartete sie das auch von mir, besonders von mir, dem Mann, den sie liebte. Die Begegnung mit dem Offizier des

Mossad wirkte auf mich wie zufällig. Wir trafen ihn in einem kleinen Restaurant. Gertrud stellte uns vor, wir waren uns sympathisch, setzten uns zusammen an einen Tisch, aßen gemeinsam, lachten. Ich war ein viel zu wertvoller Fang, als dass der israelische Geheimdienst auch nur mit dem Gedanken spielte, mich wieder von der Angel zu lassen. Ich sprach fünf Sprachen fließend, hatte in so vielen Ländern gelebt, dass ich mich überall auf der Welt bewegte, als sei ich zu Hause, und ich war jung, vielleicht sogar ein wenig abenteuerlustig und ein Idealist. Das wusste ich nur noch nicht. Es kostete sie nicht viel, mir das zu beweisen. Sie zeigten mir Bilder aus den Konzentrationslagern, Bilder von KZ-Leitern, KZ-Aufsehern, verhungerten Kindern, Massengräbern, nackten ausgemergelten Leibern, Gestapo-Offizieren. Sie wussten alles von mir, von meinem Großvater, meinem Vater, sie zeigten mir Bilder von ihm und von seinen Mördern, zumindest behaupteten sie, es seien seine Mörder. Sie forderten mich auf, ihnen bei der Jagd zu helfen. Mein Jagdinstinkt war geweckt. Sie versprachen mir, mich gut dafür auszurüsten.

Offiziell begann ich ein Wirtschaftsstudium an der Hebräischen Universität. Diese Legende schuldete ich meiner Mutter. Die ganze Wahrheit hätte sie umgebracht. Sie war schon nicht glücklich darüber, dass ich mir ein so unruhiges Land ausgesucht hatte. Lieber hätte sie mich in der friedlichen Schweiz, Frankreich oder England gewusst. Ich erklärte ihr, ich sei verliebt in ein jüdisches Mädchen, und sie versuchte erst gar nicht, mich umzustimmen. Wenn von Liebe die Rede war, wurde meine Mutter noch milder, als es ohnehin ihre Art war. Nie hatte ich Härte von ihr erfahren. In Liebe gehüllt, wuchs ich auf. Merkwürdigerweise hatte mich ihre Erziehung nicht verweichlicht.

In den Monaten nach meiner Entscheidung – war es wirklich meine Entscheidung? – schmiedeten sie mich zu einer Waffe. Ich robbte im Dreck mit Steinen im Rucksack, kletterte an steilen Mauern empor, schwamm kilometerweit durch eiskaltes Wasser. Wenn ich zu Tode erschöpft das Ufer erreichte, packten sie mich, stießen mich in ein fensterloses Haus, verhörten mich in kahlen Räumen unter Scheinwerferlicht, brüllten auf mich ein, schlugen mir in die

Fresse, sperrten mich in eine Zelle, verhörten mich wieder, stellten mich vor ein Erschießungskommando, lehrten mich das Schießen; lehrten mich, einen Mann mit dem Messer zu töten, ohne dass er noch einen Laut von sich geben konnte; lehrten mich in Wohnungen einzudringen, sie zu durchsuchen, ohne die geringste Spur zu hinterlassen; lehrten mich zu verfolgen, ohne verfolgt zu werden; mich unsichtbar zu machen; mich bei Menschen einzuschmeicheln, zu spielen, ich sei ihr Freund, aber keinesfalls ihr Freund zu sein; lehrten mich, in Rollen zu schlüpfen, einen Menschen darzustellen, der ich nicht war, und zu vergessen, wer ich war.

Ich hörte auf, Gertrud zu lieben.

Ich glaube nicht, dass sie mich betrügen wollte. Ich glaube nicht einmal, dass sie ahnte, was sie aus mir machen würden. Irgendetwas zerbrach. Ich wollte Gertrud nicht wiedersehen.«

Feuchtigkeit legte sich nieder. Ich fror unter meiner Decke, Schauer liefen mir über den Rücken. Die Füße fühlten sich an wie Eisklumpen. Die Kälte kroch langsam die Beine hoch, erreichte meinen Unterleib. Ich unternahm nichts, um meine Lage zu verbessern. Ich presste die Zähne aufeinander, damit er nicht das Klappern hörte. Der Bär legte sich auf mich, um mich zu wärmen. Seine Schnauze lag in der Mulde zwischen Hals und Schulter. Mit seiner feuchtwarmen Zunge leckte er über mein Gesicht. Ich wusste, dass er seine Zähne gleich in meinen Hals schlagen würde. Ich hatte keine Angst mehr davor.

Seine Hand lag auf meiner Stirn.

»Sie haben Fieber«, sagte er.

Auf seinen Armen trug er mich in das Haus und legte mich irgendwo auf ein Bett. Bisher hatte ich kein Bett in dem Haus gesehen.

Eine Ameise lief über die Bettdecke. War es überhaupt eine Ameise? Sie war so groß, riesig, mit Glubschaugen und einer Beißzange. Sie war nicht allein. Ich fing an zu zählen, eins, zwei, drei, eine vierte an der Decke, mein Ekel wuchs, steigerte sich in Hysterie, ich schrie.

Er hielt meine Hand, tupfte mit einem Tuch meine Stirn ab, flößte mir ein Getränk ein.

»Es ist gut. Sie haben Fieber. Alles in Ordnung.«

Seine Stimme beruhigte mich. Ich sank zurück, fing wieder an zu zählen, die Streifen auf der Gardine, eins, zwei, drei, vier, fünf, Zählen beruhigte. Ich addierte, multiplizierte, die Zahlen wurden immer größer, ich verlor die Kontrolle, verwirrte mich, wurde verrückt über die Zahlen. Zählen, Wichtigkeit der Zahlen, Sinnlosigkeit der Zahlen, die ganze Mathematik, ein reines Definitionsgebilde. Gab es eine absolute Gültigkeit der Mathematik? Oder war sie ein Konstrukt unserer Intelligenz, nur gültig auf unserem kleinen, unbedeutenden Stern. Verdammte Zahlen, sie hatten die Menschen erst zu Kalkulierern, Händlern, Schacherern, Wucherern gemacht. Gib du mir zwei davon, dann gebe ich dir drei davon; Zahlen, mit ihnen berechnen wir den Lauf der Sterne, den Umfang der Erde, die Entfernung zur Sonne, die Anziehungskraft der Erde, die Flugbahn einer Kugel, die Sprengkraft einer Atombombe, aber wir kommen dem Sinn des Lebens kein Stückchen näher. Am Ende stellen wir fest, dass diese armseligen Zahlen tatsächlich nur auf unserem mickrigen Planeten eine Bedeutung haben, nirgendwo sonst braucht man sie, versteht man sie, und das Beste, sie stimmen nicht einmal. Eins plus eins?

»Sie stimmen nicht, sie stimmen nicht.«

Hatte ich das laut gerufen?

Er gab mir wieder zu trinken, eine Hand in meinem Nacken hob er meinen Kopf vorsichtig an. Der Kopf schmerzte, der Hals schmerzte. Ich wollte etwas sagen, wollte, dass er mich in seinen Armen wiegte, in den Schlaf wiegte.

VI.

Als ich erwachte, war ich wunderbar erfrischt. Ich lag in einem fremden Bett, in einem Zimmer, das ich nicht kannte. Durch die grün-weiß gestreiften Vorhänge fiel gedämpftes Licht. Ich sprang auf, um die Vorhänge zurückzuziehen. Mir wurde schwindelig und ich musste mich auf die Bettkante setzen. Jetzt erinnerte ich mich: Fieber, er hatte mich in ein Bett getragen, sein Bett? Ich schlüpfte zurück unter die Decke, schöne Bettwäsche, fühlte sich gut an, beste Qualität, schneeweiß. Ich schnupperte, vielleicht hing noch sein Duft in den Kissen. Ich konnte ihn, selbst mit meiner feinen Nase, nicht aufspüren. Das tat mir leid. Ich versuchte es noch einmal, sog die Luft tiefer ein – nichts. Ich horchte, kein Geräusch im Haus, von draußen nur Vogelgezwitscher. Ich sah mich in dem Raum um. Eine Kommode im Bauernmöbelstil, ebenso der

Schrank, der Boden aus Holz, das Bett ohne Schnörkel, ein viereckiger Kasten, 1,20 Meter, 1,40 Meter, passend für einen ausgewachsenen Mann, zur Not für zwei Menschen, wenn sie eng beieinander lagen. Alles geschmackvoll, alles gute Qualität, schlicht und solide, irgendwie souverän, aber es war unmöglich, aus dem Interieur mehr über den Bewohner des Hauses zu erfahren. Vielleicht, dass er irgendwann einen kleinen Koffer packen, die Tür abschließen und verschwinden würde.

Plötzlich hörte ich aus der Küche leises Klappern von Geschirr, offensichtlich bemühte er sich, wenig Lärm zu machen. Ich wartete.

Dann sein Kopf in der Tür. Ich lächelte.

»Sie sehen viel besser aus.« Er schien erleichtert. »Gleich gibt es Frühstück.«

Meine Familie, mein Mann, die Kinder, erst jetzt fielen sie mir ein. Sie würden sich Sorgen machen, natürlich. Ich erschrak. Er hatte nie danach gefragt, als ginge es ihn nichts an. Es ging ihn nichts an. Er war ein Wanderer.

Ich rief zu Hause an, erklärte oder versprach zu erklären. Später. Etwas beruhigt legte ich mich zurück ins Bett, freute mich auf das Frühstück. Ich hatte Hunger. Seltsam schnell war ich genesen von meinem Fieber. Ich wunderte mich darüber und sagte ihm das, als er mit einem Frühstückstablett kam.

»Ich habe Ihnen ein Zaubermittel gegeben. Sehr stark, aber sehr wirkungsvoll.«

»Was ist es?«

»Sie werden es in keiner deutschen Apotheke bekommen. Der Orangensaft wird Ihnen auch wieder auf die Beine helfen, frische Brötchen aus dem Dorf, Käse von der Bäuerin nebenan, Eier von glücklichen Hühnern.«

»Wie spät ist es?«

»Gleich Mittag.«

»Um Gottes willen!« Ich wollte aufspringen.

»Ganz ruhig.« Er hielt mich sanft, aber bestimmt fest. »Erst frühstücken. Ich habe Ihnen zwar ein Zaubermittel gegeben, aber nun müssen Sie selbst ein bisschen mithelfen, um zu Kräften zu kommen.«

»Werden Sie weitererzählen?«

»Nicht heute.«

Nach dem Frühstück oder frühen Mittag stieg ich in mein Auto, ein bisschen wackelig auf den

Beinen, aber fit genug, um zurück in die Stadt zu fahren.

»Alles in Ordnung?«

Er beugte sich zu mir in den Wagen, strich über meine Wange.

»Alles in Ordnung!« Ich küsste ihn auf seine Wange, die nicht ganz glatt rasiert war. Er ließ den Kuss geschehen. Mehr nicht. Als er seinen Kopf zurückzog, drückte ich auf das Gaspedal, wütend, fuhr mit durchdrehenden Reifen davon. Der Kies spritzte nach allen Seiten. Im Rückspiegel sah ich, wie er vor den umherfliegenden Steinchen in Deckung ging, und hoffte, sie würden ihn verletzen. Ich vermisste ihn schon an der nächsten Kreuzung. In meinem Wagen hing ein fremder Duft, kein Parfum, vielleicht eine Seife oder ein Rasierwasser, das ich nicht kannte. Ich schloss das Fenster. Den Duft würde ich wohl trotzdem nicht lange konservieren können.

Am nächsten Tag konnte ich nicht weg aus der Stadt, erst am darauffolgenden fuhr ich wieder hinaus zu dem Haus über dem See. Er war nicht da, das Haus war verschlossen. Ich versuchte es in den nächsten Tagen mehrere Male, aber er blieb verschwunden, keine Nachricht, kein Telefonanruf.

VII.

Fünf Wochen nach unserer letzten Begegnung, an einem Montagmorgen, stand er plötzlich neben mir im Bäckerladen. Ich bestellte gerade meine Brötchen, zwei davon, drei von diesen. Die Tür ging auf. Ich glaube, es war der Geruch, der mich bewegte, den Kopf herumzudrehen. Ein Nerv verklemmte sich dabei und ich schrie auf vor Schmerz. Die Bäckersfrau schaute so perplex, dass ich lachen musste.

»Hexenschuss«, erklärte ich ihr.

»Kann ich Ihnen behilflich sein?« Es klang wie das Angebot eines völlig Fremden, und so wollte er es wohl. Er bestellte zwei Brötchen und hielt mir im Hinausgehen die Tür auf. Für die Frau im Bäckerladen war er ein unbekannter Kunde, der lediglich versuchte, höflich und hilfsbereit zu sein.

»Ich würde mich freuen, Sie bald zu sehen.« Er nickte mir freundlich zu, stieg in einen Wagen, es war nicht der Geländewagen, ein Audi, ziemlich groß. Er verschwand an der nächsten Kreuzung. Mit steifen Schritten stakste ich davon. Ich konnte meinen Hals kaum drehen, denken konnte ich auch nicht, fühlen vielleicht. Ich fühlte Freude, obwohl ich lieber wütend sein wollte, aber da er sowieso auf und davon war, konnte ich mich ebenso gut freuen, er sah es ja nicht.

Ich fuhr nicht gleich am Montag zu ihm hinaus, auch nicht am Dienstag, obwohl mich das ziemlich viel Selbstbeherrschung kostete. Ich fuhr am Mittwoch, am Mittwochvormittag. Es war ein Versuch, die Kontrolle zu übernehmen. Ein ziemlich jämmerlicher.

Das Haus stand offen. Ich fand ihn auf der Terrasse. Er trug ein weißes langes Hemd und weiße Hosen aus leichtem Stoff, die Füße nackt. Die Szene, die ich durch die Scheibe beobachtete, wirkte wie die Zeitlupe eines Karatekampfes, die Bewegungen seines Körpers und der Arme schwerelos, in Harmonie mit der Landschaft. Ich störte diese Harmonie. Er blickte auf, sah mich durch das Fenster, kam mit federnden Schritten auf mich zu.

»Ich habe Sie erst heute Nachmittag erwartet.«

Immerhin, er hatte sich geirrt. Trotzdem fühlte ich mich durchschaut.

»Ich ziehe mich schnell um, bin gleich zurück. Nehmen Sie Kaffee, Tee, einen Champagner?«

»In dieser Reihenfolge.«

Er lachte. Wenn er lachte, ging die Sonne über dem Orient auf. Wie viele unterschiedliche Arten zu lachen es gibt: das Lachen deutscher Männer am Stammtisch; das überlegene Lachen angloamerikanischer Geschäftsleute; das selbstzufriedene Lachen französischer Männer, wenn sie meinen, etwas Amüsantes gesagt zu haben; das Macholachen italienischer Männer in einer Bar, wo sie sich mit ein paar Freunden zum Aperitif treffen, bevor sie nach Hause gehen.

Mir war, als schiene immer die Sonne an dem Ort in den Bergen. Auch an diesem Tag schimmerte der See im Licht der Strahlen, die spätnachmittäglich schräg auf das Wasser fielen. Es war noch warm, aber der Herbst meldete sich an. Die Spitzen an den Bäumen verfärbten sich gelb. Die Stimmung verkündete Abschied. Was würde am Ende seiner Geschichte passieren?

Ich war gekommen, um zuzuhören und Ariel erzählte: »Der Mossad war in den 60er-Jahren anders, als er heute ist. Die Männer vom ›Auge Davids‹ waren glühende Zionisten, liebten ihr Vaterland und hatten nur den einen Wunsch, es zu beschützen vor seinen Feinden. Wenn wir es nicht tun, wer dann? Es gibt niemanden, der uns hilft, wenn wir in Not geraten. In diesem Glauben erzog man die Offiziere des Mossad.

Ich schaffte es, trotz der Doppelbelastung, mein Wirtschaftsstudium zu beenden. Mit Unterstützung des Geheimdienstes erhielt ich mein Diplom. Es war ihnen nur Recht, wenn Agenten eine bürgerliche Existenz nachweisen konnten. Ich erhielt als Zugabe ein Diplom von der Havard-University, wo ich nur ein paar Monate verbracht hatte. Mir war anfangs nicht ganz klar, wie das möglich war, bis ich lernte, dass es ein Netzwerk jüdischer Helfer gibt. Wir nennen sie Sayanim. Sie sitzen überall auf der Welt. Die Sayanim werden vom Mossad nicht bezahlt. Sie tun, was in ihren Kräften steht, aus Überzeugung, um dem Staat Israel zu helfen. Welche Gefahren sie dabei eingehen, müssen sie selbst entscheiden. Manche riskieren viel, um ihr Land zu unterstützen.

Nach drei Jahren Ausbildung war ich eine einsetzbare Waffe.

Meine Mutter lebte zu dieser Zeit in Rom. Ich besuchte sie regelmäßig. Als ich ihr erzählte, dass ich in das Geschäft meines Großvaters einsteigen würde, war sie sehr zufrieden. Mein Großvater war der Einzige, dem ich Andeutungen über meine wahre Tätigkeit machte. Er erklärte sich sofort bereit, mir den geschäftlichen Background zu verschaffen. Auch er war ein Sayanim. Sein Firmenreich war groß und für nicht Eingeweihte so undurchschaubar, dass ich durchaus in einer seiner Firmen angestellt sein konnte, ohne dass jemand ahnte, dass ich für meinen jüdischen Großvater arbeitete. Undurchsichtigkeit gehörte zum Geschäft des Mossad. Möglichst wenig Spuren hinterlassen oder viele verwirrende.«

Ariel blickte stumm in das Glas in seiner rechten Hand, die Zigarette in der anderen Hand verglühte. Er schüttelte den Kopf, seine eigenen Gedanken ungläubig belächelnd. »Was für ein merkwürdiges Leben das war. Ein Leben? Zwei, drei. Gleichzeitig, aber auf verschiedenen

Ebenen. Manchmal liefen alle Fäden zusammen, verknoteten sich an einem Punkt. Manchmal liefen alle Fäden auseinander. Ich will erklären, was ich damit meine. Im ersten Jahr meines Einsatzes hielt ich mich kurz in London auf. Beim Verlassen des Flughafens bemerkte ich eine Chinesin oder Halbchinesin, sie stand verzweifelt an einem der Schalter, weil all ihre Koffer verschwunden waren. Ich war gerade aus Südamerika eingetroffen, wo ich im Auftrag des Mossad einem Naziverbrecher nachgespürt hatte. Ich stoppte auf der Rückreise in London, um geschäftliche Instruktionen von meinem Großvater einzuholen. Da stand diese Chinesin, wütend mit den Armen fuchtelnd, in ihrer Wut bezaubernd. Nur dieser Dummkopf von der Fluggesellschaft merkte das nicht. Ich aber entdeckte ihren Liebreiz sofort. Also ging ich auf sie zu und bot meine Hilfe an. Da sie allein reiste, war sie glücklich, endlich Unterstützung zu finden.

›Für jeden Koffer, den Sie mir retten, koche ich Ihnen eine Speise, die Sie nie auf Ihrer Zunge geschmeckt haben.‹ In ihrem Zorn war sie hinreißend gewesen, ihr Lachen dagegen war atemberaubend. Ich hätte die Koffer am Nordpol abgeholt. Ganz so weit musste ich nicht marschieren. Ihr Gepäck drehte nur gerade eine Ehrenrunde über England. Mein Versprechen, all ihre Sachen in ihre Wohnung in Kensington bringen zu lassen, sobald sie landeten, reichte aus. Das Abendessen war mir sicher.

Beim Mossad hatten sie mich gelehrt, jeden Menschen unter dem Aspekt zu betrachten, ob er unseren Zwecken nützte. Was war aus einem Menschen herauszuholen, konnte ich ihn für unsere Ziele einsetzen? Viele Offiziere lösten sich von dieser Haltung nie. Für sie gab es keine Freundschaft, keine Liebe, jede Beziehung zu einem Menschen wurde auf ihre Brauchbarkeit überprüft. Ich muss sagen, dass ich in dieser Hinsicht ein schlechter Diener meiner Herren wurde. Ich wollte meinem Volk nützlich sein, ja, aber ich opferte nicht meine Persönlichkeit, meine Lebensgrundsätze. Ich prüfte mich oft, indem ich überlegte, was meine Mutter gutheißen würde. Einen gewissenlosen Roboter hätte sie nicht akzeptiert.

Bei Luzie, meiner bezaubernden Chinesin, wäre ich nicht auf die Idee gekommen, sie auf ihre Verwendbarkeit abzuklopfen. Es war schlimm genug, dass ich checken musste, ob nicht sie eine feindliche Agentin war, der ich gerade auf den Leim ging.

Luzie war Hongkong-Chinesin, Überbleibsel einer alten Familie, die in der bewegten Geschichte der sogenannten ›Duftenden Stadt‹ ihre Rolle gespielt hatte. Luzie liebte das Essen. Aus lauter Freude daran hatte sie bei einem der besten Köche in Taiwan gelernt. Kochen, essen, trinken, daraus machte sie jedes Mal ein Fest. Sie hing der alten Esskultur an, die die Kommunisten als Dekadenz des verkommenen Kaiserreichs aus China verbannten. In ihrer Londoner Küche erweckte sie die alten Künste zum Leben. Ich schaute ihr zu oder ging ihr zur Hand bei ihren stundenlangen Vorbereitungen. Das eigentliche Essen war nur der krönende Abschluss einer Kochorgie. Wir schoben uns gegenseitig die Dim Sums in den Mund, ich schleckte ihr die Marinade von den Fingern, sie fütterte mich mit gebratenem Reis, den sie mir auf elegante Art mit zwei Stäbchen servierte. Was für monströse Werkzeuge sind dagegen Messer und Gabel. Barbarisch. Wir hatten viel mehr Gänge verzehrt, als sie Koffer besaß, da schwelgte sie in Erinnerungen, beschrieb mir in allen Einzelheiten, wie der Koch ihrer Kindheit Pekingente zubereitete. Ein Künstler, für den Speisen nicht Ernährung, sondern Lebenszweck waren, Kunst, Lebensart. Sie wollte, dass ich das verstand. Als ich die letzten Reste des Festmahls von ihren Lippen kostete, spürten wir beide, wie die Fressorgie uns aphrodisiert hatte. Ich verstand, dass das Essen nur ein Vorspiel gewesen war. Sie liebte, wie sie aß, üppig und lustvoll. Ich konnte nicht genug davon bekommen. Luzie wusste ihre Lüste kunstvoll zu verbinden. Manchmal speiste sie von meinem Bauch oder speiste, wenn sie auf mir saß; wenn ihr Unterleib sich rhythmisch bewegte, fütterte sie mich mit kleinen Delikatessen. Der Befehl, im Büro in Tel Aviv anzutreten, verhallte in dieser Orgie. Die Befehle wurden dringender. Ich erfand eine heiße Spur, die ich verfolgen musste. Ich wurde gefüttert und geliebt und fütterte und liebte. Die Zeit musste sein.

Eines Tages eröffnete Luzie mir, sie müsse heim nach Hongkong. Mir drohten sie Strafen an, falls ich nicht sofort nach Israel zurückkehrte. Ich ließ meinen Großvater in London zurück, flog über Paris, wo meine Mutter auf einen Besuch wartete, pausierte für ein paar Tage in Israel, von wo aus sie mich nach New York schickten, um Kontakt zu einem Waffenhändler herzustellen. Nur ein paar Kabel hielten mich in Verbindung zu den in aller Welt verstreuten Menschen, die mir am Herz lagen. Luzie lockte mich aus dem fernen Hongkong mit wollüstigen Fantasien, die sich um erotisch-kulinarische Schlemmereien drehten. Meine Mutter machte mir leise Vorwürfe, dass ich so wenig Zeit für sie erübrigte. Mein Großvater gab geschäftliche Anweisungen aus seinem Londoner Büro. Der alte Mann drehte weiterhin ein großes Rad. Ich hätte jederzeit aufspringen können auf dieses Rad, Geheimdienst ade, der alte Mann hätte mir keine unangenehmen Fragen gestellt, er hätte mich umarmt und freudig aufgenommen, mich und meine fresslüsterne Chinesin dazu. Stattdessen jagte ich weiter hinter geflohenen, versteckten Verbrechern des ehemaligen Deutschen Reiches her, versuchte sie in ihren Schlupfwinkeln aufzustöbern. Nicht immer ging das so spektakulär ab wie bei Adolf

Eichmann, den unsere Agenten in Buenos Aires aufspürten, wo er friedlich unter dem Namen Ricardo Klement mit seiner Familie lebte, bis wir ihn entführten, nach Israel brachten und dort vor ein Gericht stellten, um dieses Monstrum, das sich als kleiner, gewissenhafter Bürokrat entpuppte, aller Welt vor Augen zu führen. Es wurde in Israel damals viel diskutiert, ob man Eichmann, wenn man ihn fasste, vor Gericht stellen sollte. In den 60er-Jahren begann die Erinnerung an die Naziverbrechen zu verblassen. Ministerpräsident David Ben-Gurion trat aus erzieherischen Gründen für solch einen Prozess ein. Er wollte vor allem die jüngere Generation von Juden, die Hitler nicht erlebt hatte, erreichen. Ich habe dem Prozess selbst an einigen Tagen beigewohnt und bin bis heute der Meinung, dass es richtig war, Eichmann vor ein Gericht zu stellen. Man hat den Menschen vor Augen geführt, welchen Schaden eine unbedeutende Einzelperson anrichten kann. Die Philosophin Hannah Arendt nannte es die ›Banalität des Bösen‹. Sie hatte den Eichmann-Prozess als Berichterstatterin für den ›New Yorker‹ verfolgt und später das Buch ›Eichmann in Jerusalem‹

veröffentlicht, mit dem Untertitel ›Ein Bericht von der Banalität des Bösen‹. Für diese Formulierung wurde sie von vielen Seiten angegriffen, insbesondere von den Zionisten, aber ich verstand genau, was Hannah Arendt meinte. Es war wirklich banal, wie Eichmann dort in seiner Verzwergung hinter einer Glaswand saß, der kleine Bürokrat und sachlich in Bürokratendeutsch von seiner Aufgabe beim Massenmord redete. Ein tüchtiger Mann, der die Arbeit gewissenhaft erledigt hatte. Ein Mann wie Eichmann hätte zu anderer Zeit als Büroangestellter im mittleren Dienst enden können. Tatsächlich hatte er seine berufliche Laufbahn als Vertreter begonnen, bevor er auf dem Höhepunkt seiner Karriere zum Leiter des Referats IV D 4 für ›Judenangelegenheiten und Räumung‹ wurde.

Der Prozess schlug hohe Wellen, Aufmerksamkeit überall, Aufmerksamkeit und Entsetzen. Aber man konnte die Welt nicht tagtäglich mit Prozessen ermüden. Das Interesse, die Empörung nutzt sich schnell ab. Viel öfter also starb ein ehemaliger KZ-Aufseher bei einem Unfall, beging ein einstiger Folterknecht plötzlich ›Selbstmord‹ oder verreckte an einer unerklärlichen Krankheit, wurde von einer Welle an irgendeinen Strand gespült. Ich spürte, wie bei jedem dieser Todesfälle irgendeinem anderen Täter in seinem Versteck das Blut in den Adern gefror.«

Ich zuckte zusammen: Auch das also war er: ein Killer, ein hinterhältig sich anschleichender Mörder. Der Gedanke kam, aber es folgte nicht der Schauer des Entsetzens. Ich sah nur die schöne Chinesin, wie sie ihm raffinierte Lüste verschaffte und er ihren hungrigen Mund befriedigte. Die Fantasien, einmal entfesselt, ließen sich nicht bändigen. Es war zu viel. Er mutete mir zu viel zu. Merkte er das nicht?

Er schaute zu mir herüber. Da sah er es. Ich schämte mich, dass ich es so schlecht verbarg. Er musterte mich, ein wenig erstaunt, erhob sich von seiner Liege. Ich hoffte und fürchtete mich vor dem, was geschehen könnte. Er kam auf mich zu, strich mir im Vorbeigehen über das Haar, gedankenlos, wie man einem Hund im Vorbeigehen das Fell streichelt, verschwand im Haus. So fühlte ich mich nun auch wie ein Hund, wie ein geprügelter Hund, der sich mit eingezogenem Schwanz in seine Ecke verkriecht. Ich hatte eine Rolle übernommen und sie nicht gespielt, wie der Regisseur es vorgesehen hatte. Das nahm er mir übel, vielleicht. Ich wusste es nicht.

Er kehrte zurück und sagte, er müsse nun gehen. Ein wichtiger Termin. Ich wollte ihm sagen, dass ich wieder bereit sei, ganz Zuhörerin zu sein, seine Biografin oder was immer er wünsche, aber sein Gesicht war verschlossen und abweisend, wie ich es bisher nicht gesehen hatte. Ich erhob mich, verabschiedete mich ganz förmlich mit einem Händedruck und verließ das Haus. Auf der Heimfahrt grübelte ich darüber nach, was er wohl von mir erwartete. Dann wurde ich wütend darüber, dass ich, eine selbstständige Frau, mich quälte, einem Mann gefällig zu sein. Ich schwor mir, nie wieder dieses Haus zu betreten. Nachdem ich eine Nacht über die Sache geschlafen hatte, konnte ich klarer denken. Ich war mir plötzlich sicher, dass er aus irgendeinem mir nicht bekannten Grund eine neutrale Zuhörerin brauchte und dass er mich am Vortag weggeschickt hatte, um mir die Zeit zu geben, das zu erkennen. Er überließ mir die Entscheidung über den Fortgang unserer Zusammenarbeit. Ich wollte weitermachen. Es würde nicht einfach werden, aber ich wollte diese Geschichte zu Ende bringen. Also fuhr ich am Nachmittag wieder hinaus an den See.

VIII.

Ich näherte mich dem Haus zu Fuß. Mein Auto hatte ich unten an der Straße stehen lassen, ich wollte ein paar Schritte bergauf marschieren, mich körperlich ausarbeiten, um meine Seele ins Gleichgewicht zu bringen. Es nieselte, aber das machte mir nichts. Die Tür stand weit offen. Ich hörte seine Stimme in fremden Lauten sprechen. Ich glaube nicht, dass es Hebräisch war, eher Arabisch. Natürlich verstand ich kein Wort und nicht einmal aus dem Klang der Stimme konnte ich entnehmen, ob er ein geschäftliches Telefonat führte, zärtlich mit einer Geliebten flirtete oder streng mit einem Sohn sprach. Ich erkannte plötzlich, dass ich trotz seiner Erzählungen nichts von ihm wusste, nichts. Ich betrat das Haus und wäre froh gewesen, wenn er sein Gespräch erschrocken abgebrochen hätte. Das wäre wenigstens ein kleiner Hinweis gewesen.

Aber nichts dergleichen geschah. Er gab mir ein Zeichen, dass er gleich fertig sei, und beendete sein Telefonat in aller Ruhe. Ich ging zu dem großen Terrassenfenster und blickte hinaus. Ich hätte gern den See gesehen. Seinen Anblick hatte ich liebgewonnen. Der See aber hatte sich verhüllt mit einer grauen Nebelwand. Hinter mir am Telefon hörte ich ein Lachen. Es klang fröhlich, unbeschwert und ausgelassen. Mir hatte er dieses Lachen bisher nicht gegönnt.

Die Ereignisse des Vortags erwähnte er mit keinem Wort. Er ging stillschweigend davon aus, dass ich seine unausgesprochenen Bedingungen angenommen hatte. Zum ersten Mal hielten wir uns drinnen im Haus auf. Ich saß auf dem Sofa und blickte hinaus in das Grau. Er machte es sich auf einer Art Chaiselongue bequem. Seine Augen, die mir blau in Erinnerung waren, hatten das Grau des Sees, den ich nicht sehen konnte, angenommen.

Wir tranken Kaffee, aßen süßes arabisches Gebäck und schwiegen. Ich stellte keine Fragen. Er bestimmte den Fortgang des Erzählens.

»Ein ganzes Jahr lang hielt ich mich kaum länger als eine Woche an einem Ort auf. Alle Fäden – Geschäfte, Geheimdienst, Familie, Liebe – liefen hoffnungslos auseinander. Kaum, dass ich zwei verknüpft hatte, riss mich ein dritter an einen anderen Ort. Das war für einen Mann in meiner Lage auch richtig so. Liefen die Fäden an einem Ort zusammen, konnten sie sich gefährlich verknoten. So ist es dann auch geschehen.«

Er seufzte und vertiefte sich schweigend in die Erinnerung an einen mir noch unbekannten Film, der sich wohl vor seinem Auge abspulte.

»Ich habe zu viel riskiert.«

Wieder schwieg er. Er rieb sich die Augen und sah plötzlich müde und gealtert aus. Ich erinnerte mich, wie drahtig und frisch er auf mich gewirkt hatte, als ich ihn beim letzten Besuch während seiner Meditationsübungen überraschte. Es schien, als müsse er sich überwinden, mit seiner Geschichte fortzufahren.

»Frühling in Paris. Ein sonniger, warmer Frühling. Es war unruhig im Land schon ein Jahr vor der Pariser Studentenrevolte. Junge Menschen schüttelten ihre Fesseln ab, es rumorte überall, die Unruhe vielleicht verstärkt von den erwachenden Frühlingsgefühlen. Auch über Israel brauten sich wieder einmal dunkle Wolken zusammen. Die Ägypter schlossen den Golf von Akaba für israelische Schiffe, drängten auf den Abzug der UN-Truppen aus ihrem Land, die Truppen an den Grenzen wurden unter einen vereinigten arabischen Oberbefehl gestellt. Wir standen kurz vor dem Beginn des Sechstagekrieges. – Ich war doch noch jung. Ich wollte das Leben genießen. Ich wollte wie die anderen Verliebten im Bois de Boulogne spazieren gehen, ich wollte auch Nazis jagen und Geschäfte für meinen Großvater an Land ziehen und mit einer Familie leben, ich wollte eben alles. In diesem Frühling in Paris bot sich die Gelegenheit, alles auf einmal an einem Ort zu haben.

Ich hatte meine Mutter besucht. Sie war nun über 50, aber auf ganz wundersame Weise war das Alter spurlos an ihr vorübergegangen. Sie war in ihrer gereiften Schönheit noch unwiderstehlicher als in ihren jungen Jahren. Immer war sie umgeben von einer Schar konkurrierender Verehrer, die sich nach ihr verzehrten. Ich weiß nicht, ob sie je einen erhörte. Meine Mutter strahlte, seit ich denken konnte, eine souveräne Gelassenheit ab, eine ruhige Liebenswürdigkeit, die nur leicht überschattet wurde von der Traurigkeit, die sich seit dem Tod meines Vaters über sie gelegt hatte. Ich wunderte mich, als ich bei meinem Besuch bemerkte, dass auch sie in diesem Frühling von einer gewissen Unruhe befallen schien. War ihr Herz vielleicht noch einmal berührt worden? Der Gedanke befremdete mich ein wenig, obwohl ich ihr eine neue Liebe von ganzem Herzen gönnte. Sie war meinem Vater wahrhaftig lange genug treu gewesen. Aufopfernder benahmen sich nur indische Frauen, die sich mit ihren verstorbenen Ehemännern verbrennen ließen.

Ich verließ das Haus meiner Mutter auf einer Sicherheitsroute, um festzustellen, ob mich jemand verfolgte. Das war unser tägliches Brot. Eine Unachtsamkeit konnte das Leben kosten. Kein Wunder, dass viele Agenten unter Paranoia leiden. In Paris machte mir keiner etwas vor. Ich kannte mehrere miteinander verbundene Häuser, die ich durch die Vordertür betrat und drei Häuser weiter durch eine Hintertür verließ. Ich geriet mitten in eine Studentendemonstration. Die langhaarigen jungen Männer und Frauen in abgetragenen Jeans und bunten Hemden streckten die Fäuste in die Luft und skandierten Anti-Vietnam-Krieg-Parolen. Ich hätte altersmäßig dazugehören können. Wie anders war mein Leben gelaufen. Ich trug einen dunkelgrauen Zweireiher und war auf dem Weg zu einem Treffen mit einem ägyptischen Wissenschaftler, der mit den Waffenlabors seines Landes in Verbindung stand. Ich hatte es ein paar Tage zuvor auf einem Botschaftsempfang eingerichtet, dass er mich ansprach. Das war besser, weil es das Misstrauen der Zielperson einschläferte. In seinem Kopf setzte sich fest, dass er die Initiative übernommen hatte. Ich war der Geschäftsmann mit den guten Kontakten in die USA, dessen Hilfe er benötigte. Zu dem Zeitpunkt hatte ich sein Umfeld bereits abgeklopft, um seine Schwachpunkte auszuloten. Das gehörte zu den Aufgaben, die mir am wenigsten an meiner Arbeit gefielen. Es war wirklich zu simpel. Meist handelte es sich um Sex oder Geld. Jeder Mensch hat seine Schwachpunkte, das macht ihn erst menschlich. Mir widerstrebte es, diese Menschlichkeit auszunutzen, aber es war die einzige Möglichkeit, einen Informanten zu gewinnen. Ich bot lieber Geld als Sex an. Geld – das war ein ehrliches Geschäft. Sex war eine abgeschmackte Handelsware, aber manchmal ließ sich der Handel mit dieser Ware nicht vermeiden.

Ich kam nur langsam in den verstopften Gassen vorwärts, zog unfreiwillig ein Stück in der Demonstration mit. Meine erste Demo – ich musste lachen. Plötzlich erhielt ich einen Stoß in die Rippen.

›Hey, du siehst eher aus wie ein Scheiß-Imperialist!‹ Das Kompliment erhielt ich von einer jungen Frau. Sie sah verwildert aus, aber, mein Gott, sie war hinreißend.

›Meine Eltern gehörten schon zu den scheißunterdrückten Minderheiten, als deine noch in ihren scheiß-bürgerlichen Wohnzimmern saßen und ihre beschissenen Porzellantässchen an die Lippen führten.‹ Ich brüllte ihr meine Antwort direkt ins Ohr, weil ich wütend war und weil sie mich in dem Lärm ringsherum sonst nicht verstanden hätte.

Plötzlich wurde aus der aufrührerischen Studentin ein kleines verschrecktes Mädchen.

›Warum bist du so sauer?‹, rief sie nun in mein Ohr.

›Weil du Scheiß-Imperialist gesagt hast.‹

›Hab' ich das? Pardon!‹

Sie kam mir rührend jung vor, obwohl unser Altersunterschied wahrscheinlich nur zwei oder drei Jahre betrug.

Ich zog sie in ein Café, an dem sich die Demonstration gerade vorbeischob.

›Meine Freunde!‹

Sie fuchtelte mit den Armen und strebte zur Tür hinaus. Wahrscheinlich war es ihr peinlich, mit einem Nadelstreif gesehen zu werden. Ich hatte kein Mitleid.

›Deine Freunde werden morgen als brave Lehrer und Steuerberater ihren Dienst antreten. Dein Abenteuer bin ich.‹

Sie schaute skeptisch.

›Triff mich heute Abend um sieben Uhr am Eingang von Notre-Dame.‹

Mir fiel auf die Schnelle kein besserer Treffpunkt ein. Sie schaute entsprechend spöttisch und drängte erneut aus dem Café, zu den grölenden Studenten.

›Wie heißt du?‹, rief ich ihr noch hinterher.

›Henriette.‹

›Henriette weiter?‹

›Henriette Lanson.‹

Schon riss sie die Tür auf und stürzte sich in die Menge. Ich verfolgte sie für ein paar Sekunden mit meinen Blicken. Sie war groß, fast 1,80 Meter. Ihr Kopf und eine erhobene Faust ragten für einen Moment zwischen den struppigen Mähnen hervor. Dann wurde sie von der Masse hinweggespült.

Ich war mir keineswegs sicher, dass sie an Notre-Dame erscheinen würde. Auf jeden Fall wollte ich pünktlich sein. Wenn sie nicht auftauchte, müsste ich sie aufspüren, was kein Problem war, wenn sie mir ihren richtigen Namen genannt hatte. Andernfalls würde es etwas dauern.

Es gab keine bessere Tarnung als einen Menschenauflauf. Ich trank einen Kaffee und ließ mich danach ein Stück mit dem Demonstrationszug treiben. Den Ägypter traf ich im ›George V‹. Es ist ermüdend darüber zu reden, wie man einen braven Wissenschaftler und Ehemann zu einem Verräter macht. Ich bekam ihn letztlich an die Angel. Auf diesen Erfolg bin ich nicht stolz. Ich weiß, dass ich meinem Land damit half. Ich sage, meinem Land und war mir doch nie 100 Prozent sicher in meinem Gefühl zum Staat Israel. War denn Israel wirklich mein Land? Ich fühlte wohl eher eine Schuld, vielleicht suchte ich auch eine Zugehörigkeit, oder wollte ich meinem Großvater beweisen, dass ich mich dem Judentum verpflichtet fühlte? – Oder ging es in Wirklichkeit um meinen Vater, dessen Tod ich einen Sinn geben wollte? Während ich die Abgründe anderer Seelen auslotete, kannte ich nicht einmal meine eigene.

Ich verließ das ›George V‹ in einem Bentley, den ich mit Fahrer gemietet hatte. Es war die Show für den Ägypter. Ich ließ mich zu einem Autoverleih chauffieren. Dort übernahm ich einen Citroën 2CV, eine kleine grüne Ente, nur zum Spaß. Ich wollte Henriette ein bisschen zum Narren halten. Ich musste lachen, als ich sie entdeckte. Sie hatte sich von einem Kommilitonen zu der Kathedrale bringen lassen. Er fuhr eine blaue Ente. Ich beobachtete Henriette einen Augenblick, wie sie Ausschau nach mir hielt. Meinen neuen grünen Schlitten beachtete sie nicht. Der Bentley hätte wohl eher ihren Erwartungen entsprochen.

Henriette war eine junge Frau, die man in der Menge nicht übersah. Ich erwähnte, dass sie sehr hochgewachsen war mit langen Beinen, schlanker Taille und einem Busen wie Brigitte Bardot. Die dunklen Haare hingen ihr in wirren Locken um den Kopf. Mit einem bunten Tuch um die Stirn bändigte sie die wilde Mähne. Sie hatte lebendige braune Augen, hochstehende Wangenknochen und eine energische gerade Nase. Sie glich einem jungen, etwas nervösen Rassepferd. Auf ihrer eng sitzenden Jeans hatte sie mit allerlei Buttons und bunten Stickereien ihre gesammelten Bekenntnisse untergebracht: ›Peace‹, ›Amis go home‹, ‚Make love not war‹, Fidel Castro und Che Guevara fanden auch noch Platz.

Als ihr Freund um die nächste Ecke verschwand, schob ich meinen Kopf durch das offene Dach meiner grünen Ente und pfiff. Ihr Blick überflog die Menge. Ich winkte wild, bis sie mich entdeckte.

›Hey, suchst du ein Imperialisten-Schwein?‹, fragte ich grinsend.

Sie legte ihren Zeigefinger über die Lippen.

›Schscht! Wenn du mich ärgern willst, bin ich gleich wieder weg. – Was ist das für ein Wagen?‹

›Was ist falsch an ihm?‹

›Nichts, er passt nur nicht zu dir.‹

›Dies ist ein freies Land, Henriette. – Was man übrigens von seinem nicht sagen kann.‹ Ich deutete auf ihr T-Shirt, auf dem ein Mao-Porträt prangte.

›Was weißt du davon?‹

›Ich war schon dort.‹

›Du spinnst!‹

Ich zuckte mit den Achseln.

›Steig ein!‹

›Wo willst du hin?‹

›Eine Safari!‹

Ich fuhr in Richtung Bois de Vincennes. In Paris ist Autofahren zu jeder Uhrzeit ein Abenteuer. 24 Stunden Rushhour, ein Kampf, jeder gegen jeden, verbunden mit höllischem Lärm.

Meine kleine Ente erwies sich als gar nicht lahm. Ich schlängelte mich durch, alle paar Meter die Spur wechselnd. Henriette war offensichtlich ein Pariser Kind, denn sie ließ weder Nervosität noch Ängstlichkeit erkennen.

›Warum schaust du andauernd in den Rückspiegel?‹, bemerkte sie nur.

Eine Angewohnheit, die in Fleisch und Blut übergeht.

›Ich kontrolliere, ob uns ein eifersüchtiger Liebhaber folgt‹, lachte ich ihr Misstrauen fort.

›Du spinnst! Was mache ich hier überhaupt mit so einem Spinner?‹

Wir erreichten den Bois de Vincennes im Osten der Stadt. Am Beginn der Wälder liegt der Pariser Zoo. Ich parkte das Auto und forderte Henriette auf auszusteigen, nahm ihre Hand und führte sie zu einem Nebeneingang des Tierparks.

›Er ist geschlossen‹, sagte sie.

›Nicht für uns. Ich habe den Schlüssel.‹

Es dauerte nur ein paar Sekunden, bis das Tor nachgab. Im Schutz der beginnenden Dunkelheit schritten wir hindurch. Der Park gehörte um diese Zeit den Tieren. Ein Dunst nach Wildheit und Dschungel lag in der Luft, ab und zu hörte man Schreie von Vögeln, Gekreische von Affen und Laute, die nicht eindeutig zuzuordnen waren.

›Spannend!‹ Henriette flüsterte. Wir waren allein, trotzdem flüsterte sie, instinktiv. Sie war aufgeregt, aber das Abenteuer fing an, ihr Spaß zu machen. Ich spürte ihre Erregung und legte den Arm um sie. Eng umschlungen schlenderten wir an den Gehegen vorbei. Wir redeten mit den Flamingos, fütterten die Kamele mit ein paar alten Brotrinden, die ich mitgebracht hatte. Die eleganten Araberpferde lockte ich mit Zucker an. Sie zupften die Stücke mit weichen, warmen Lippen vorsichtig von meiner Hand. Ich guckte mir eine schöne Stute aus, redete mit ihr, fragte sie, ob sie mich ein Stück mitnehmen könne. Ich verspürte plötzlich unbändige Lust, wieder einmal zu reiten. Mit einem Satz hüpfte ich über den Zaun und sprang auf den Rücken der stolzen Araberin. Sie ließ es sich gefallen. Ich griff in ihre Mähne und wir trabten ein paar Runden in dem Gehege.

›Lass das, komm zurück!‹, rief Henriette mit halblauter Stimme.

Ich ließ sie zappeln, quälte ein wenig das

Bürgerliche in ihr. Ich spürte, dass sie dabei war, es abzuwerfen. Aber mit ein paar Demos, Ho-Chi-Minh-Rufen und einem Che-Guevara-Aufnäher war das nicht getan.

Ich bedankte mich bei der Araberin, nahm Henriette in den Arm und spazierte mit ihr weiter. Meine Französin erzählte mir, sie studiere Literatur und schreibe Gedichte, sei auch dabei, ein Theaterstück zu verfassen.

›Lass uns hier zu den Löwen setzen‹, schlug ich vor.

›Warum zu den Löwen?‹, wollte sie wissen.

›Ich bin Ariel, der Löwe Gottes und du sagst mir und diesen Löwen im Käfig jetzt dein Lieblingsgedicht auf.‹

›Eines von mir?‹

›Ja, eines, das du geschrieben hast.‹

»Ich weiß nicht, ob ich das kann‹, zögerte Henriette. ›Man zeigt so viel von sich. Man ist so nackt.‹

›Es ist dunkel.‹

Wir setzten uns. Sie lehnte sich zurück, schaute in den blauschwarzen Himmel. Dann begann sie mit schüchterner, zarter Stimme.

›Grauer Staub bedeckt das Land
Und Dreck deckt zarte Knospen zu.
Tiefe Gräben gräbt die Gier,
und Hass reißt alle Brücken ab.
Fremde werden sich noch fremder,
Freunde feiern nur für eine Nacht.
Es füttern Väter ihre Söhne immer fetter,
und Mütter mästen mag're Töchter.
Sieger lächeln kalt im Blitzgewitter,
und wer laut schreit, wird auch gehört.
Aug' erstrahlt im Glanz des Goldes.
Liebe kriegt, wer Liebe zahlt.
Grimmig greift der Frost nach warmen Herzen.
Streckt sich helfend eine Hand aus,
wird sie abgehackt.‹

Als das Gedicht zu Ende war, schwieg sie, und ich schwieg auch, hinein in eine erwartungsvolle Stille.

›Traurig und zornig‹, sagte ich endlich.

›Ich bin traurig und zornig.‹

›Hast du nicht zum Trost noch ein Liebesgedicht? – Das wäre schön, jetzt in dieser verwunschenen Dschungelnacht.‹

›Ein Liebesgedicht! –

Du sagst, du liebst mich.
Dann tu' es doch,
und steh' nicht nur herum!
Nimm in die Arme mich,
und lass mich fühlen,
was du fühlst!
Dein Herz, –
Reiß' es heraus!
Und zeig es mir!
Denn ich will sehen,
dass es für mich nur schlägt.
Und wenn ich geh',
dann wein'!
Und lieb nie wieder
Eine andere!‹

›Immer noch zornig‹, sagte ich. Dann küssten wir uns und ich dachte, vielleicht lieb ich wirklich nie wieder eine andere.

Später flanierten wir ein wenig weiter zwischen den Gehegen. Einmal sahen wir in der Ferne einen Wächter. Wir drückten uns in die

Büsche und kicherten wie Kinder bei einem Streich.

›Willst du einen Flamingo?‹, fragte ich sie.

Sie hätte nur ›Ja‹ sagen müssen, ich hätte ihr einen überreicht.

›Was soll ich mit einem Flamingo?‹

›Einen Flamingo kann man immer gebrauchen. Du könntest ihm das Kommunistische Manifest beibringen – oder ihn braten.‹

›Du bist zynisch!‹

›Du kannst auch einen Koalabär haben.‹

›So einen großen wie dich, meinst du wohl.‹

Die Nacht war noch nicht zu Ende. Ich fuhr mit ihr hinaus nach Orly. Wir schlichen uns so nah wie möglich an eine Startbahn heran. Dann legten wir uns auf den Rücken, hörten und fühlten, wie die Flugzeuge dicht über uns hinwegdröhnten.

›Du hast es doch gern laut und aufrührerisch!‹, brüllte ich. Ich weiß nicht, ob sie mich verstand.

Wir liebten uns beim ersten Mal stürmisch, wir konnten es mit der geballten Kraft der aufsteigenden Flieger aufnehmen.

Henriette war auf der Flucht vor der bürgerlichen Welt, der sie entstammte, aber wie viele andere aufrührerische Studenten in dieser Zeit wollte sie nicht nach kurzem Intermezzo in eine Welt der Spießer zurückkehren. Sie war voller Kreativität, die nach Ausdrucksformen suchte.

Zuerst lockte sie sicher nur das Abenteuer, als sie die Verabredung mit mir einging. Aber ich glaube, auch sie verliebte sich gleich in unserer ersten Nacht.«

Er erhob sich und ging ein paar Schritte auf und ab. Ich betrachtete seine Gestalt, die sich in der Dämmerung wie ein schönes geschmeidiges Tier bewegte, und ich verstand, warum Henriette sich verliebt hatte. Ich verstehe alle Frauen, die sich in ihn verlieben. Verliebt man sich nicht in den Menschen, der die eigene Seele erkennt? War das nicht sein Geheimnis, dass er die Seelen der Frauen aufspürte? Es machte ihm Freude, die Sehnsüchte der Frauen wie ein Forscher zu erkunden, er fühlte sich hinein in die unterschiedlichsten Wesen, neugierig auf ihre geheimen Wünsche, die er freudig zufriedenstellte. Dabei musste er sich nicht verbiegen und gab nichts von seiner Persönlichkeit auf. Es war, als ob er mit jeder neuen Frau eine weitere Seite seiner vielfältigen Persönlichkeit erprobte.

»Verliebte können auch auf düsteren Wolken schweben«, sagte er.

Dann wieder dieses lange Schweigen. Ich spürte, dass es weniger den süßen Erinnerungen galt als dem Versuch, der Geschichte einen anderen Ausgang zu geben, vielleicht zum hundertsten, tausendsten Mal. Und dann musste er dem Mädchen doch wieder an irgendeinem ganz normalen Tag den Autoschlüssel in die Hand drücken.

›Fahr du schon vor, ich komme mit dem Taxi nach‹, dröhnt ihm seine eigene Stimme im Kopf.

Und sie lacht und winkt ihm zu.

›Bis gleich.‹

Sie wirft ihm noch eine Kusshand zu. Er blickt ihr nach, wie sie auf ihren langen Beinen davonsegelt, ihre wohlgeformten Pobacken in den engsitzenden Jeans nur ein wenig hin und her schwingend, ihr zarter Rücken, der sich unter dem T-Shirt abzeichnet, das T-Shirt mit dem aufgedruckten Spruch ›Make love not war!‹.

Und als sich endlich die Tür hinter ihr schließt, da hat er schon wieder Sehnsucht nach diesem Körper. Er schaut aus dem Fenster, um noch einen letzten Blick von ihr zu erhaschen, bevor sie die grüne, von ihm gemietete Ente besteigt, die sie so liebt. Und er sieht tatsächlich noch ihre dunklen wirren Haare, die im Auto verschwinden – und dann den Feuerblitz. Er hört einen ohrenbetäubenden Knall, sieht Flammen, die aus dem Auto schlagen. Er steht da wie angewurzelt, gelähmt, weil die Kaltblütigkeit des Agenten nicht funktioniert, wenn da unten die Frau stirbt, die man liebt. Endlich löst er sich aus der Starre, rast los, die Treppen hinunter, weil er sie unbedingt retten muss, weil sie dort keinesfalls verbrennen darf, weil das einfach nicht geschehen darf, weil er sie liebt und sie ihn nicht verlassen kann. Er rennt um ihr und um sein Leben, hinaus aus der Haustür, durch die Menschenmenge hindurch, die sich bereits angesammelt hat. Zwei Männer ergreifen ihn, zerren ihn in ein Auto. Er wehrt sich und tobt, sodass sie ihm schließlich im Getümmel einen Schlag auf den Kopf geben. Als er aufwacht, fahren sie am Flughafen vor. Sie geben ihm etwas zu trinken, er versucht es auszuspucken, aber sie halten ihm die Nase zu, zwingen ihn zu schlucken. Er merkt, wie sein Bewusstsein sich benebelt. Dann geben sie ihm einen Pass und gehen durch die Kontrollen mit drei Tickets. Wieso haben sie drei Tickets und einen Pass? Sie schleusen ihn überall durch, ins Flugzeug hinein, entschuldigen seinen Zustand, er habe auf dem Flug schlafen wollen und das Schlafmittel wohl zu früh eingenommen. Die Stewardess lächelt verständnisvoll und begleitet ihn zu seinem Sitz, in den er hineinsackt. Dann verliert er sich endlich in der Bewusstlosigkeit.

Ich sehe, wie er leidet und möchte ihm helfen, aber ich kann ihn nicht berühren, nicht streicheln, um zu trösten. Wenn ich ihn streichele, dann wird es eine andere Bedeutung haben, und er wird das merken.

Als er fortfährt, hat er sich einigermaßen gefasst.

»Bis heute kenne ich nicht die Hintergründe für dieses Attentat. Ich weiß nicht einmal, ob es ihr oder mir gegolten hat. Ich weiß nicht, ob es von einem feindlichen Geheimdienst verübt wurde oder vom israelischen. Es könnte einiges dafür sprechen, dass der Mossad mich loswerden wollte. Ich war ihnen zu unabhängig, nicht zuverlässig genug wegen meiner Herkunft, wegen meines kritischen Geistes. Ich war kein blinder Befehlsempfänger, kein Speichellecker. Warum waren die Mossad-Leute sofort zugegen, als das Auto in die Luft ging? Weil sie mich vor dem Feind, der mich aufgespürt hatte, beschützen wollten, erklärten sie mir. Und dass Henriette eine feindliche Agentin gewesen sei. Warum hielten sie einen gefälschten Pass für mich bereit? Das spricht dafür, dass nicht sie es waren, die es auf mich abgesehen hatten. Vielleicht kamen die Täter wirklich von der gegnerischen Seite. Gründe, mich loszuwerden, gab es genug. Ich war bei meinem Bemühen, die ägyptischen Waffenlabors unschädlich zu machen, auf merkwürdige Spuren gestoßen. Sie deuteten auf Fehler unseres Geheimdienstes, vielleicht war Korruption im Spiel. Es gibt viele Grauzonen in unserem Gewerbe. Womöglich war ich Verrätern zu nahe gekommen. Hatten sie mich deshalb umbringen wollen? Und Henriettes Tod war nur eine Panne gewesen? Nicht die erste Panne des Mossad. Ich erinnere an den Versuch, eine Verfeindung zwischen Ägypten und den Vereinigten Staaten zu provozieren. Israelische Agenten legten Bomben in der Bibliothek des Kairoer Amerikahauses. Dabei gingen sie so stümperhaft vor, dass die Agenten bald darauf von den Ägyptern geschnappt wurden. Am Ende führte diese Affäre sogar zur Abdankung des Ministerpräsidenten David Ben-Gurion, nicht weil er verwickelt war, sondern weil er eine gerichtliche Untersuchung forderte.

Ich stellte vorsichtig Nachforschungen an, als ich zurück in Israel war, aber ich stieß auf Schweigen. Man legte mir mit drohendem Unterton nah, ich solle die Angelegenheit ruhen lassen. Mit irgendwelchen läppischen Aufträgen hielten sie mich in Tel Aviv fest, um jeden meiner Schritte unter Kontrolle zu haben. Ich konnte mich frei bewegen, aber ich fühlte mich wie ihr Gefangener. Im Grunde war ich das wohl auch. Mich ließ das Unglück von Paris nicht los, aber ich merkte, dass ich mich verstellen musste. Ich musste so tun, als ob ich auf ihren Rat hörte, damit sie mich aus ihren Klauen ließen. Nur durch diese List konnte ich neue Recherchen anstellen.

Nach zwei Jahren war Gras über die Sache gewachsen – für sie. Man schickte mich wieder zu Aufträgen ins Ausland.

Wir hatten gut zu tun in Südamerika. Ich ging als deutscher Geschäftsmann nach Paraguay. Präsident Alfredo Stroessner hielt ein warmes Nest für geflohene Nazis bereit. Der Mord an meiner Geliebten machte mich gefährlich. Ein Mann, der nichts zu verlieren hat, reagiert wie ein einsamer, verletzter Wolf.

Ich kann mich an die Frauen nicht erinnern aus den Jahren nach Henriettes Tod. Kein einziges Gesicht, kein Name fällt mir ein. Das ist ungerecht, denn sie haben mich getröstet. Ich weiß nur, dass ich manchmal erwachte, umschlungen von schwarzen Armen, oder mein Kopf lag gebettet auf einen weißen Busen. Manchmal, wenn ich die Augen öffnete, sah ich auf einen zarten Rücken, oder mein Gesicht drückte sich in langes, schwarzes Haar. Ich erinnere mich an dunkle Hände, die mich streichelten, auch an weiche, weiße Finger, die mich liebkosten. Kein Gesicht. Wer mögen diese Frauen gewesen sein?

Nachdem Henriette unschuldig sterben

musste, fand ich es nur gerecht, dass ich schuldige Nazis, Massenmörder, Menschenverächter nicht friedlich in ihrem Exil leben ließ. Eine Aktion wie bei Eichmann war viel zu aufwendig und ließ sich, nun da die Täter des Dritten Reichs gewarnt waren, nicht beliebig wiederholen. Es gab auch zu viele Verbrecher, große und kleine, viele in Deutschland, manche in Südamerika und in anderen Ländern. Einige lebten im Wohlstand, hatten rechtzeitig Geld außer Landes gebracht. Nicht alle Nazi-Bonzen, die das Volk mit Durchhalteparolen aufstachelten, hatten selbst an ein Tausendjähriges Reich geglaubt. Sie hatten vorgesorgt. Eines Tages saß ich in der prachtvollen Villa eines angesehenen Geschäftsmannes in Asunción. Wie gesagt, ich trat als Deutscher auf. Wir besprachen einen Waffendeal, an dem er sehr interessiert war. In seinem Haus entdeckte ich sicher 50 Bilder, die von den Nazis als entartete Kunst verbannt worden waren. Sogenannte ›Schmierereien‹ von Kokoschka, ›Krickelkrakel‹ von Paul Klee, Werke von ›Stümpern‹ wie Nolde, Schmidt-Rottluff und Chagall, von ›ethischen Nihilisten‹ wie Dix und Grosz. Wie kamen diese

Bilder in das Haus eines Naziverbrechers? Ohne seine Identität preiszugeben, verriet mir dieser Geschäftspartner stolz, dass er die Kunstwerke während des Krieges in Zürich ›für 'n Ei und 'n Butterbrot‹ ersteigert hatte. ›Hoho!‹ Er lachte dieses männliche deutsche Stammtischlachen. Ich konnte nicht herausfinden, ob diese Bilder ihn nur wegen ihres Wertes interessierten oder weil sie ihm Prestige verschafften oder aber, weil er sie tatsächlich als Kunstwerke schätzte. Wir sprachen Deutsch und scherzten, ich erzählte ihm Judenwitze, über die er sich köstlich amüsierte. Er vertraute mir vollkommen. Der Mann starb unter einem Gemälde von Otto Dix, auf dem verzerrte, leidende Gesichter, zu stummen Schreien aufgerissene Münder zu sehen waren, im Mittelpunkt ein Knochenmann mit Sense, der mit gleichgültiger Miene mitten durch die Schar seiner Opfer schritt. Vielleicht war meine Inszenierung ein wenig melodramatisch: Es steckte eine Sense im Rücken des Naziverbrechers. Es sah nicht schön aus. Als eine Haushälterin seine Leiche entdeckte und die Polizei von Asunción rief, saß ich im Flugzeug nach London.«

Er erzählte diese Geschichte sehr kühl, distanziert, als sei er selbst nicht daran beteiligt gewesen. Wieder hätte ein kalter Schauer über meinen Rücken laufen müssen. Ich horchte in mich hinein, um Anzeichen von Abscheu aufzuspüren. Nichts. Warum wollte sich das Entsetzen nicht einstellen? Warum zitterte ich nicht, fürchtete mich nicht vor diesem Mann? Einem Mörder. Ich fürchtete nur, seine Geschichte könne zu Ende gehen. Eines Tages würde es so weit sein, es würde dann keinen Grund mehr geben, mit ihm auf dieser Terrasse zu sitzen, ihn anzusehen, seine Nähe zu fühlen, sein Schweigen. Er würde verschwinden. Genauso wie er plötzlich in meinem Spiegel aufgetaucht war, würde sein Bild aus diesem Spiegel verschwinden.

IX.

Aber noch saßen wir beieinander, noch ging seine Erzählung weiter: »Wir waren nicht immer schnell erfolgreich. Es gab eine lange Liste von Namen. Südamerika ist weitläufig. Fast überall herrschten großzügige Diktatoren.

Wir suchten Mengele, Joseph Mengele, einen der Schlimmsten, intelligent, kultiviert, ein Wissenschaftler, Arzt in Auschwitz. Er experimentierte an lebendigen Menschen. Ich hatte mir sein Gesicht ins Gehirn eingebrannt. Ich hatte sein Porträt hundertmal studiert, ich hatte ihm einen Schnurrbart, einen Vollbart, einen Kinnbart angepasst, eine Nickelbrille, eine Hornbrille, die Haare schwarz und braun gefärbt. Ich sah ihn vor mir mit seinem pedantisch gepflegten Äußeren, wie er mit der weiß behandschuhten Hand nach links zeigte. Das bedeutete Gaskammer. Jeder Neuankömmling wurde ihm vorgeführt.

Er entschied – links, links, wie oft hatte er nach links gedeutet? Und nach rechts, was hieß schon rechts? Noch ein bisschen hoffen oder den Eintritt in sein Gruselkabinett, wo er besessen experimentierte, um den Gesetzen der Vererbung auf die Spur zu kommen? Öffnete er wirklich ohne Narkose die Schädel von Menschen, immer mit einem Lächeln auf den Lippen? So berichteten es Überlebende. Und fast krankhaft in der Art, wie er seine äußere Erscheinung überkorrekt herrichtete, zwanghaft. Was trieb ihn bloß, was wollte er beweisen? Dass unsere Schädelform, unsere krumme Nase, unsere Plattfüße, unsere Hinterhältigkeit, unsere Habgier die erblichen Merkmale einer minderwertigen Rasse sind und dass man diese Rasse möglichst schnell daran hindern muss, ihre verderblichen Eigenschaften weiterzugeben? Rassenhygiene. Es gibt Wörter, die sind grausamer als Taten. Merkten sie das nicht, als sie die Wörter benutzten? Rassenhygiene, Untermensch, entartete Kunst, Endlösung. Der Wortschatz des Volkes, an dem die Welt gesunden sollte. Der Wortschatz eines Kulturvolkes, das Goethe, Schiller, Hölderlin, Thomas Mann hervorgebracht hatte. Schöne Gedichte, wunderbare Romane, aber auch das Wort ›Rassenhygiene‹. Mengele, einer von ihnen. Und dann verschwindet er einfach, drei Tage, bevor die Rote Armee das Konzentrationslager befreit, in dem er experimentierte. Taucht in Sachsen auf, in Bayern auf einem Bauernhof, hilft sogar dabei, die Landmaschinenfabrik der Eltern wieder aufzubauen. Im Nürnberger Kriegsverbrecherprozess wird er zu lebenslanger Haft verurteilt. Aber er sitzt nicht auf der Anklagebank, Mengele hält sich irgendwo in Bayern auf. Keiner fahndet nach ihm. Wieso? Dann wird es ihm zu brenzlig in Deutschland. Er erhält einen Pass auf den Namen Helmuth Gregor vom Internationalen Komitee des Roten Kreuzes. Hat er mächtige Helfer, oder ist es nur Dummheit, die zu diesem Fehler führt? Helmuth Gregor reist nach Südamerika. Er wird in Argentinien gesehen, in Uruguay, in Paraguay. Er fühlt sich sicher unter den Dächern der südamerikanischen Militärdiktaturen. Wir sind immer nah an ihm dran, immer ein paar Sekunden zu spät. Eines Tages wieder ein Tipp: Mengele in Brasilien. Wie oft sind wir solchen Tipps umsonst gefolgt. Aber ich bin lange nicht mit meiner Geduld am Ende. Ich sitze in einem Liegestuhl am Strand von Bertioga. Ich beobachte einen Mann. Ein Mensch kann seinen Namen wechseln, sein Aussehen, die Sprache, aber aus der eigenen Haut kann er nicht heraus. Diese krankhafte Pedanterie. Ich sehe, wie der Mann sich am Strand entkleidet, die Sachen von Sand befreit, säuberlich faltet, die Badehose mit perfektem Sitz noch einmal nachschnürt, wie er zum Kamm greift, sich die Haare sorgfältig striegelt, bevor er ins Meer geht. Und dann dieses Lächeln, das um seine Lippen spielt. Von diesem Bad vor der Küste von Sao Paolo kehrte er nicht lebend zurück.«

Ariel hielt inne.

»Ich hatte immer gewusst, gespürt, dass es noch eine Aufgabe für mich gab, etwas, das erledigt werden musste. Es ist nicht so, dass dieser Gedanke klar formuliert in meinem Kopf saß. Er war da, aber nicht bis an die Oberfläche meines Bewusstseins gedrungen.

Ich hatte eine enge Beziehung zu meinem Großvater, besuchte die Großeltern in ihrem Haus in London, so oft ich konnte. Mein Großvater liebte mich umso mehr, weil er in mir einen Ersatz für den verlorenen Sohn sah. Er hatte auch im Alter von fast 90 einen glasklaren Geist und kümmerte sich bis zuletzt selbst um seine Geschäfte, unterstützt von mir und seinem Schwiegersohn, dem Mann meiner Tante Esther.

Ich ließ alles stehen und liegen, als ich eines Tages die Nachricht bekam, meinem Großvater gehe es nicht gut. Er hatte eine Lungenentzündung, die nicht ausheilen wollte. Er weigerte sich, in ein Krankenhaus zu gehen. Als ich sein Schlafzimmer betrat, schlief er. Mein Großvater war immer ein stattlicher Mann gewesen. Jetzt lag er hager in seinen Kissen und wirkte klein und zart. Ich schlich auf Zehenspitzen zu seinem Bett, setzte mich auf einen bereitstehenden Stuhl und schaute ihn an. Nie fühlte ich mich mehr als Jude wie in der Nähe dieses Mannes. Nicht in Israel, nicht im Hauptquartier des Mossad, vielleicht manchmal, wenn ich durch die Straßen des jüdischen Altstadtviertels in Jerusalem ging. Aber wirklich bewusst wurde mir mein Judentum, wenn ich mich in der Nähe meines Großvaters aufhielt. Mein Großvater war nur mäßig gläubig, bestand auch nicht mit Strenge auf die Einhaltung der Riten, er sah nicht mal besonders jüdisch aus, trotzdem gab er mir das Gefühl, zum Volke Israel zu gehören. Für ihn und vielleicht für meinen toten Vater hatte ich die Aufgabe übernommen, für die ich rastlos durch die Welt zog.

Mein Großvater schlug die Augen auf. Ich sah die Freude in seinem Blick, als er mich an seinem Bett entdeckte. Er nahm meine Hand und drückte sie. Seine Stimme war dünn und schwach, aber er war klar im Kopf wie eh und je, als er zu mir sprach.

›Ariel, wir haben nie über deine Arbeit geredet, deine Aufgabe beim Mossad. Alles geheim, nicht wahr? Ich habe das natürlich akzeptiert, aber du ahnst vielleicht, wie weitreichend meine Beziehungen sind. Ich erfahre mehr, als du denkst. Wenn ich nicht einverstanden gewesen wäre mit dem, was du tust, hätte ich es dir gesagt. Es ist gut, dass wir Juden kämpfen. Wir dürfen nie wieder zu Opfern werden.‹

Das Reden strengte ihn an. Er machte eine Pause, um neue Kraft zu sammeln.

›Du weißt, dass es noch etwas zu tun gibt.‹

Ich nickte, weil ich tatsächlich in diesem Moment erkannte, welche Aufgabe er meinte.

›Ich habe alle Informationen in einem Briefumschlag für dich hinterlegt. Es sind die alten Dokumente, ein paar Fotos. Nicht viel, aber du wirst etwas damit anfangen können. Mein Anwalt wird dir den Briefumschlag übergeben. Ich weiß, dass ich mich auf dich verlassen kann.‹

Ich nickte wieder, drückte seine Hand. Er lächelte zufrieden. Dann schlief er erschöpft ein.

Er lebte nach unserem Gespräch noch zwei Tage, wachte für kurze Momente auf, verabschiedete sich von seiner Tochter, den Enkelkindern, von seiner geliebten Frau. Er starb lächelnd. Kurz vor seinem Tod warf er mir einen Blick des Einverständnisses zu. Es war sein letzter Blick, bevor er die Augen für immer schloss.

›Vertrau mir‹, sagte ich.

›Vollkommen‹, flüsterte er. ›Du bist mein Sohn.‹

Für einen Augenblick dachte ich, er fantasiere und verwechsele mich mit meinem Vater, aber so war es nicht. Ich verstand, was er meinte.

Meine Großmutter, die 60 Jahre an der Seite dieses großen Mannes und ausschließlich für ihn gelebt hatte, sah aus, als hege sie den einen Wunsch, ihrem Ehemann so schnell wie möglich zu folgen. Sie, die sich auch im hohen Alter immer aufrecht gehalten hatte, stand plötzlich gebeugt und alt am Bett ihres toten Gatten. Ganz klein und hilfsbedürftig sah sie aus. Ich nahm sie in den Arm und wir sprachen das Kaddisch.

Es war der Wunsch meines Großvaters gewesen, in Jerusalem beerdigt zu werden. In einem schlichten Brettersarg, wie er bei den Juden üblich ist, trat er die letzte Reise an, noch einmal ein paar Tausend Kilometer über den Wolken, noch einmal im Flugzeug. Wie viele Stunden seines Lebens hatte er auf diese Weise verbracht? Unterwegs in Geschäften, über den Wolken, in Bahnen oder Limousinen – und nun also die letzte Unternehmung.

Nur die Familie begleitete ihn. Auch das hatte er vorher bestimmt und dass wir das Lied ›Jerusalem of Gold‹ singen sollten. Dieses Lied war zum Unabhängigkeitstag 1967 geschrieben worden, es preist Jerusalem, die Altstadt, den Tempelberg und die damit verknüpften Träume und Sehnsüchte. Ich kann verstehen, dass ein Mann, der lebenslang herumgetrieben wurde, sich nach einem Stück Heimat sehnte. Ich hoffe für ihn, dass er nun angekommen ist. Wir haben ihn begraben auf dem Friedhof an den Hängen des Ölbergs, wo die Toten schon seit biblischen Zeiten ruhen. Wir haben ihn mit dem Gesicht nach Jerusalem in die Erde gelegt. So wird er einer der Ersten sein, der dem Messias durch das Goldene Tor in die Altstadt von Jerusalem folgen kann. Ich bete jeden Tag für seine Auferstehung und die Erfüllung seines Wunsches.

Nach der Beerdigung fuhr ich mit meiner Großmutter auf den Ölberg. Der Blick tröstete sie ein wenig: im Licht der Abendsonne die Silhouette der heiligen Stadt mit all ihren Kuppeln, davor, am Fuße des Berges, die alten jüdischen Gräber, eines davon das Grab meines Großvaters.

›Ich werde ihn nicht lange dort allein lassen‹, sagte die Großmutter und richtete sich aus ihrer gebeugten Haltung auf. Es klang sehr bestimmt.

Noch am Tag der Beerdigung öffnete ich den Briefumschlag, den mir der Anwalt meines Großvaters in London ausgehändigt hatte. Ich wusste, was er enthielt. Ich saß allein in meinem Hotelzimmer, als ich den weißen, nicht sehr dicken Umschlag aufschnitt. Ich zog die wenigen Seiten aus dem Kuvert, einige handgeschriebene Zeilen meines Großvaters, einige Dokumente und ein paar Fotos: meine Tante Miriam mit ihren zwei Kindern, das Hochzeitsfoto, eine Urkunde über die Eheschließung mit Walter Schmidt, eine Urkunde über die Annullierung der Ehe mit Walter Schmidt. Auf einem mit seinem Namen bedruckten Briefbogen hatte mein Großvater noch ein paar Informationen niedergeschrieben. Er teilte mir mit, dass er und die Großmutter von Anfang an gegen eine Heirat ihrer Tochter mit Walter Schmidt gewesen seien. Miriam, die auf der Kunstakademie in Berlin studiert hatte, lernte ihren späteren Mann auf einem Studentenball kennen. Walter Schmidt entstammte einer Kleinunternehmerfamilie, die ihr Geld in der Weltwirtschaftskrise verloren hatte. Sie schafften es mühsam, den Sohn Jura studieren zu lassen. Miriam war eine blendende Partie für ihn. Meine Großeltern hegten den Verdacht, dass Miriams Reichtum für Walter Schmidt durchaus eine Rolle gespielt hatte. Sie hielten ihn für einen Opportunisten. Miriam war ein selbstbewusstes und etwas trotziges Mädchen. Meine Großeltern konnten sie von ihrem einmal gefassten Entschluss, sich mit Walter Schmidt zu vermählen, nicht abbringen. Also willigten sie ein. Es fand eine großartige Hochzeit in Berlin statt. Der Großvater gab dem frischgebackenen Juristen eine Anstellung in der Firma. Miriam und ihr Mann bekamen zwei Kinder. Alles schien in Ordnung, bis zum Jahr 1933. Es stellte sich schnell heraus, dass meine Großeltern recht gehabt hatten. Walter Schmidt war tatsächlich ein Opportunist, ein Opportunist, der auf das falsche Pferd gesetzt hatte. Er schaute sich die politische Entwicklung ein paar Monate an. Als er annehmen musste, dass der Nazi-Spuk nicht nach kurzer Zeit vorüber sein würde, wechselte er das Pferd. Er trennte sich von Miriam, bekannte reumütig, dass er sich der Rassenschande schuldig gemacht habe, als unwissender Jüngling sei er von einer jüdischen Verführerin umgarnt worden. Durch seine frühzeitige Reue stand seiner Karriere unter den Nazis nichts im Wege. Er war keine ganz große Nummer, aber Mitglied der SS, erst in Wien tätig, später Aufenthalt in Ungarn. Dort hatte er wohl den Grundstock seines Wohlstands gelegt, wie genau, war aus den Unterlagen nicht zu ersehen. Schmidt hatte sich nicht genug hervorgetan, war auch nicht an den ganz großen Schweinereien beteiligt gewesen, sonst hätte mein Großvater das bestimmt vermerkt. Miriam war ohne den Schutz eines arischen Mannes der Willkür des Systems ausgeliefert. Mein Großvater versuchte, sie aus Deutschland herauszuholen, aber Miriam, die ihren Fehler erkannt hatte, wollte sich aus Trotz oder Stolz keine Blöße geben. Sie war zutiefst gekränkt, aber es war nicht ihre Art, den Kopf einzuziehen. Sie blieb in Deutschland, starrsinnig. Sie schloss sich dem Jüdischen Kulturbund an, half bei der Inszenierung von Theaterstücken für das jüdische Publikum, tauchte schließlich mit ihren Kindern unter, schloss sich einer Widerstandsgruppe an, wurde 1943 von der Gestapo verhaftet. Viel konnte mein Großvater aus ihren letzten Jahren in Deutschland nicht erfahren. Nur wenige, die sie gekannt hatten, überlebten. Einige Freunde wussten, dass sie nach Auschwitz transportiert worden war. Sie und ihre Kinder gehörten nicht zu den wenigen Überlebenden.«

Ich, seine auserwählte Biografin, hielt den Atem an, tatsächlich, nur kurz, aber die Spannung schnürte mir die Kehle zu. Was erwartete mich, wie würde diese Geschichte zu Ende gehen?

»Ich hatte nie deutschen Boden betreten«, berichtete Ariel weiter. »War es eher ein Zufall oder hatte ich Deutschland bewusst gemieden? Ich war so viel in der Welt herumgekommen, beschäftigt mit den Aufträgen meines Großvaters, mit den Aufgaben für den Mossad gewesen, dass ich mir einbilden konnte, dass sich eine Reise nach Deutschland eben nicht ergeben hatte. Als ich mit einem merkwürdigen Gefühl in der Seele auf dem Frankfurter Flughafen landete, erkannte ich mit einem Schlag, dass ich einer Begegnung mit dem Vaterland meines Vaters ausgewichen war.

Ich hatte nächtelang die Akten deutscher Verbrecher durchforstet, hatte mich mit den Gräueltaten deutscher Herrenmenschen befasst, Berichte, Befehle gelesen. Merkwürdig – das Furchtbare hat mich weniger geschockt als die Normalität, in die ich eintauchte, als ich deutschen Boden berührte. Deutschland war tatsächlich ein normales Land. Natürlich wäre es naiv gewesen zu glauben, dass mehr als 30 Jahre nach einem der größten Verbrechen an der Menschheit, die Bewohner des Landes der Täter noch mit gesenktem Blick durch die Straßen liefen. Ich hatte mir das auch nicht vorgestellt. Im Grunde hatte ich mir gar nichts vorgestellt. Ich hatte bis zu dem Tag, an dem ich am Frankfurter Flughafen landete, mit der Bearbeitung deutscher Verbrechen zu tun gehabt, ich hatte eine Vorstellung von dem Nazi-Deutschland unter Hitler. Von dem Deutschland meiner Zeit wusste ich wenig.

Ich stieß beim Verlassen des Flughafens mit einem älteren Mann zusammen. ›Pass doch auf!‹, schnauzte er mich an, und ich dachte: Klang es so, wenn sie die halb verhungerten Gestalten in den Lagern anbrüllten? Ich nahm die Menschen, die hastig an mir vorbeiliefen, unter die Lupe, die älteren, die in Frage kamen. Was hatten sie gemacht vor ein paar Jahrzehnten? Dieser Mann dort drüben, der sich an einem der Desks lautstark über etwas beschwerte, war er vielleicht bei der Säuberung der Prypjatsümpfe dabei gewesen? Säuberung – hieß Mord an etwa 14.000 jüdischen Männern, Frauen, Kindern. Die harmlos aussehende Alte – war sie Lageraufseherin in Ravensbrück, Dachau, Treblinka, Majdanek gewesen? 22 Konzentrationslager mit Bewachern, Aufsehern, Ärzten, Verwaltern, Leitern. Es waren so viele. Wer war der Zugführer, der die Menschen in die Lager fuhr? Wer war Bahnhofsvorsteher, wer hob die Kelle, um das Abfahrtsignal zu geben, wer war Zugbegleiter, Bewacher auf dem Weg zum Lager, wer hat den Menschen die Kleider abgenommen, ihr letztes Hab und Gut, das Gold aus den Zähnen, sie in die Gaskammer geführt, das Gas angestellt, die Leichen aus der Gaskammer abtransportiert, verbrannt? Keiner von den älteren Männern und Frauen, die an mir vorbeigingen? Am 1. April 1933 – wer freute sich heimlich oder offen über den Boykott jüdischer Geschäfte, Ärzte, Anwaltspraxen? Ein paar Tage später, als Nicht-Arier vom Beamtentum ausgeschlossen wurden, wer protestierte? Wer profitierte stillschweigend? Und als der jüdische Nachbar von der Gestapo abgeholt wurde, Kündigung jüdischer Mieter in arischen Häusern, das Tragen des Davidsterns, schließlich 1943 der Abtransport der letzten in Deutschland verbliebenen

Juden. Der nette ältere Herr dort drüben – nichts gewusst? Alle im Widerstand?«

Auch ich, seine stille Zuhörerin, war eine Deutsche. Er fragte nicht nach meinen Gefühlen. Nie fragte er mich nach meiner Meinung. Nie wollte er etwas von mir wissen. Meine Eltern hatten auch dabeigestanden, als der jüdische Nachbar abgeholt wurde, hatten das jüdische Kaufhaus boykottiert, Hitlers Worte gehört: ›Der Jude ist wohl Rasse, aber nicht Mensch‹, die Hetze im ›Stürmer‹ gelesen. Als ich 14, 15 war, fragte ich sie, wie sie zu all dem gestanden hatten. Sie hörten die Frage nicht gern. Aus ihrer Antwort entnahm ich, dass sie eher mittelmäßig zufrieden oder mittelmäßig abgeneigt gewesen waren, je nachdem. Und natürlich nicht schuldig, man habe ja nicht gewusst und auch nichts machen können, und die Juden, na ja, die hatten ja auch …– oder sagten sie ›der Jude‹, ›der Jude‹, der sei eben anders. ›Anders wie?‹, fragte ich. Sie drucksten herum. Ich wurde immer wütender, weil sie nicht sagten, wie entsetzt sie über ihre eigene Geschichte seien, sondern sie sagten: ›Ja, ja, das sei alles nicht recht gewesen, aber der Jude, der habe selbst Schuld‹. Und für dieses ewige ›Aber‹ hasste ich sie. Mit ›aber‹ keine Reue und mit ›aber‹ keine Erkenntnis, mit dem ›Aber‹ würde es wieder passieren. Ich hasste sie.

Er wollte das alles von mir nicht wissen. Er wollte, dass ich zuhörte. Also hörte ich zu.

X.

»Ich hatte mich wohl zu lange mit den Grauen der Vergangenheit befasst«, fuhr er fort, »um nicht erstaunt zu sein über das Bild, das Deutschland mir bot. Nette geschäftige Menschen. Adrette Kleidung, große Autos, gefüllte Schaufenster. Nirgends Anzeichen von Armut. Es ging ihnen gut, den Deutschen. Vielleicht war es genau das, was ich nicht hatte sehen wollen. Nun war ich aber in diesem neuen Deutschland gelandet und hatte eine Aufgabe. Ich hatte ein Versprechen zu erfüllen, ein wortlos gegebenes Versprechen, mit einem Blick nur besiegelt, der zwischen mir und meinem sterbendem Großvater ausgetauscht worden war.

Ich blieb nur kurz in Frankfurt. Ich besaß Informationen, dass Walter Schmidt sich in Köln aufhielt. Wieder waren es die Sayanim, die jüdischen Helfer, gewesen, durch die ich an diese Nachricht gelangte.

Ich fuhr mit dem Zug nach Köln. In dem Erste-Klasse-Abteil saßen überwiegend junge Geschäftsleute, in deren Gesichtern ich nicht nach Vergangenheit forschen musste. Darüber war ich froh. Ich entspannte mich ein wenig. In Köln nahm ich ein Zimmer im Hotel Excelsior am Fuße des Doms. Ich fühlte mich nicht wohl im Schatten dieser gewaltigen, von Ruß geschwärzten Türme. Zu anmaßend streckten sie sich gen Himmel, vertraten den Anspruch auf allein selig machende Wahrheit. Der ganze Bau, ein Schrei nach Macht oder mehr noch, die Demonstration von Macht. Was hatten sie nur aus der Idee dieses freundlichen und bescheidenen Juden namens Jesus Christus gemacht? Die Mauern verhießen nichts Gutes, und nichts Gutes brieten sie hinter diesen Mauern aus, die Enthaltsamkeit Predigenden in ihren weibischen Kleidern. So bedrückend fand ich diesen Tempel der Christen, dass ich beschloss, ihn nicht zu betreten. Lieber stieg ich hinab, unter die Erde, und mir schien, dass ich der Wahrheit dort näherkam als vor dem christlichen Altar mit dem Gekreuzigten darüber. Unterirdisch lag die Vergangenheit dieser Stadt schichtweise vor Augen: alte römische Mauern, Reste von christlichen Kirchen, ein jüdisches Kultbad aus dem 12. Jahrhundert. Wie auf den Mauern und aus den Steinen des Alten immer wieder Neues entstand, imponierte mir mehr als die 2.000-jährige Geschichte der römisch-katholischen Kirche mit all ihren grausamen Kapiteln.

Ich war nicht erfolgreich in der Stadt am Rhein. Es stellte sich heraus, dass ich dem falschen Walter Schmidt nachspürte, eine Verwechslung der Geburtsdaten vom 2.11. zum 11.2., die durch die Übertragung vom Deutschen ins Englische passiert war. Walter Schmidt war in Deutschland ein Allerweltsname. An jedem Ort gab es mehrere davon. Nach den Wirren des Krieges hatte sich manche Spur verwischt.

Ich bekam einen neuen Tipp. Meine nächste Anlaufstelle war Hamburg, eine feine Adresse am Ballindamm, die Firma Schmidt Im- und Export. Ich kannte diese Art von Läden. Während meiner langen Tätigkeit für den Geheimdienst hatte ich einen Riecher für solche Niederlassungen entwickelt. Hinter noblen Adressen und seriösem Gebaren verbargen sich oft recht unfeine Geschäfte, Baufirmen mit Hang zur Steuerhinterziehung, Waffenschieber. Was wussten die Leute schon? Normale Bürger stellen sich in ihren wildesten Fantasien nicht vor, was für dreckige Geschäfte hinter schönen Fassaden abgewickelt werden.

Ich war sicher, dass ich es diesmal mit dem richtigen Walter Schmidt zu tun hatte, es war ein Gefühl. Zuerst sammelte ich Informationen über das Im- und Exportgeschäft von Walter Schmidt. Mein Anfangsverdacht bestätigte sich. Waffen aus deutschen Schmieden landeten im Irak, Iran, Ägypten und anderen Feinden Israels, vermittelt von Walter Schmidt. Der Mossad würde sich ebenfalls für den Mann interessieren. Ich konnte mit Unterstützung meines Büros arbeiten. Aber ich wollte es dieses Mal auf meine Weise machen.

Ich nahm keinen direkten Kontakt auf. Ein Mittelsmann machte die Herren vom feinen Ballindamm auf mich aufmerksam. Schmidt sollte das Gespräch suchen. Das war besser so. Sein Misstrauen würde sich nicht melden, wenn die Initiative von ihm ausging. Das alte Spiel.

Ich hatte Büroräume in einer Villa am Harvestehuder Weg mit Blick auf die Alster angemietet. Meine Adresse stand der meines Opfers in nichts nach.

Die Kontakte arbeiteten gut. Nach ein paar Tagen klingelte das Telefon. Meine gerade eingestellte Sekretärin fragte, ob ich bereit sei, mit einem Herrn Walter Schmidt zu reden. Ich muss aus dem Haus, gab ich vor. Er soll morgen Vormittag anrufen, gegen zehn. In solchen Fällen gilt die eiserne Regel ›nur nichts übereilen‹. Ich gönnte mir ein gutes Mittagessen im ›Mühlenkamper Fährhaus‹ und ließ Walter Schmidt ein wenig zappeln.

Pünktlich um zehn am nächsten Tag meldete sich der Herr vom Ballindamm erneut. Er gab ein paar Erklärungen ab, wer zu diesem Anruf veranlasst habe, deutete an, dass es womöglich gemeinsame Geschäftsinteressen gebe und schlug ein Treffen im Überseeclub vor. Ich schob eine Reise nach London vor und bat ihn, mit meiner Sekretärin einen Termin in der darauffolgenden Woche zu vereinbaren. Meine Sekretärin erhielt die Anweisung, diesen Gesprächstermin auf einen Vormittag zu legen. Ich wollte das

Treffen in den Büroräumen des Herrn Schmidt stattfinden lassen. Ich wollte sehen, wie er residierte, sein Umfeld kennenlernen. Nach der Kontaktaufnahme verschwand ich erst einmal aus der Stadt. Seit dem Tod meines Großvaters hatte ich genug in London zu tun.

In der Woche darauf betrat ich an einem Vormittag die Büroetage der Im- und Exportfirma. Die Räumlichkeiten vermittelten den Eindruck von Hamburger Noblesse, Wohlstand und Rechtschaffenheit. Das hatte nichts zu bedeuten. In einem großen Empfangsraum mit hohen Decken saß an einem Desk eine Empfangsdame, die sofort aufsprang, mich begrüßte, mir Kaffee anbot und mich bat, in einem schweren dunkelledernen Sessel Platz zu nehmen, der ganz in die gediegene Atmosphäre passte. Ein Ledersessel mit Patina als Symbol für alteingesessene hanseatische Rechtschaffenheit.

Kurz darauf reichte mir ein Mann in mittleren Jahren, vielleicht Ende 40, die Hand und stellte sich als Walter Schmidt vor. Ich verbarg meine Enttäuschung. Der Mann führte mich in sein Büro.

›Ich erlaube mir vorzugehen.‹

Ich sah seinen nadelgestreiften Rücken, messerscharfe Bügelfalten, schwarze Budapester, dunkelblonde Haare, kurz geschnitten, der Nacken säuberlich ausrasiert. Das Hemd hatte ich vorher schon begutachten dürfen, blauweiß gestreift mit weißem Kragen, eine alberne Kombination, dunkelblaue Krawatte mit feinen Querstreifen. Alles stimmte – bis zum Erbrechen. Auch das Büro. Ein riesiger Schreibtisch aus Mahagoniholz mit grünem Leder eingelegt, Ledersessel auf den Perserteppichen, an der Wand ein großes Porträt, wahrscheinlich der Firmengründer oder einer, der als solcher vorgeschoben wurde, ein altes Seestück, eine Landschaftsmalerei, alle Kunstwerke wenig wertvoll, mehr für den Schein, sie verrieten weder Geschmack noch Kennerschaft.

Mein Gesprächspartner pflegte in seiner Sprechweise den Anflug des Hamburger Akzents, genau in der Dosierung, wie man sie in vornehmen hanseatischen Kreisen gern hörte.

Ich überließ ihm die Gesprächsführung. Er erwähnte die weitreichenden Beziehungen der Firma Schmidt, die Kontakte in alle Welt, besonders in den Nahen Osten, lobte die Zusammenarbeit mit den Geschäftspartnern, die schließlich zu dem heutigen Gespräch geführt hätten.

›Darf ich Ihnen noch einen Kaffee anbieten, vielleicht einen kleinen Cognac dazu?‹

Ich nahm den Kaffee an. Er gab die Bestellung am Telefon weiter, nicht unfreundlich, aber in diesem wenig vermittelnden Ton, der für einen Menschen, der viele Jahre in England verbracht hat, eher unhöflich wirkte. Ich hatte gemerkt, dass man sich in Hamburg an diesen Ton gewöhnen musste. Nun gut, ich wollte nicht lange bleiben.

Ein paar Minuten später betrat eine Dame den Raum. Ich sage bewusst Dame, obwohl sie ganz offensichtlich die Arbeit einer Sekretärin ausübte, was Herrn Schmidt veranlasste, ihr Eintreten zu ignorieren. Ich stand auf und begrüßte die junge Frau, sie war in den Dreißigern und auch bei näherem Hinsehen eine attraktive Person. ›A stunning lady‹, würde der Brite sagen. Ich stellte mich vor, wovon sie überrascht schien. Offensichtlich war sie diese Form von Höflichkeit nicht gewohnt.

›Margot Sehlbach, ich bin die Sekretärin von Herrn Schmidt.‹

Sie lächelte schüchtern, was ihr gut zu Gesicht stand. Frau Sehlbach verschwand lautlos wie ein

Engel, ihre Schritte von den dicken Teppichen gedämpft. Ich hatte keine große Lust mehr zu dem Gespräch mit Herrn Schmidt, entlockte ihm aber ein paar weitere Informationen über sein Unternehmen und erfuhr schließlich, was ich wissen wollte. Sein Vater, Walter Schmidt Senior, war Gründer der Firma, an diesem Tage leider geschäftlich auf Reisen. Man würde sich aber freuen, bald ein gemeinsames Abendessen einnehmen zu können.

Ich bat schließlich doch um einen Cognac, nur um Margot erneut hereinschweben zu sehen. Als errate sie meinen Hintergedanken, errötete sie leicht, als sie mir das gewünschte Getränk überreichte.

›Sind Sie womöglich verwandt mit meinem alten Freund Bruno Sehlbach?‹

Bruno war erfunden. Ich wollte sie für einen Moment aufhalten, sie noch einmal lächeln sehen.

Sie zögerte einen Moment.

›Ich glaube nicht, dass es einen Bruno in unserer Familie gibt. Nein.‹

Sie schüttelte den Kopf, wobei ihre blonden Locken in fröhliche Bewegung gerieten.

›Vielleicht ist der Name Sehlbach in Deutschland nicht so selten‹, überlegte ich. ›Schreibt sich Sehlbach mit h oder Doppel-e?‹

›Mit h.‹

›Bruno auch.‹

Walter Schmidt wurde langsam nervös. Gerade deshalb hätte ich noch stundenlang über Bruno reden mögen. Ich mochte Schmidt nicht, ich konnte seine arrogante Visage nicht leiden, ich mochte den näselnden Tonfall nicht, seine akkurat geschnittenen Haare, seine scharfen Bügelfalten gefielen mir nicht, weil ich spürte, dass sein Hirn genauso pedantisch zurechtgebügelt war. Es reizte mich, ihn mit meinem Sekretärinnenplausch zu irritieren.

›Ich habe meinen Freund Bruno nämlich aus den Augen verloren‹, wandte ich mich an Schmidts Sekretärin. ›Vielleicht gibt es doch eine Verbindung zu Ihnen. Wenn Herr Schmidt nichts dagegen hat, würde ich nach diesem Gespräch gern bei Ihnen vorbeischauen‹, sagte ich und schaute den Sohn des Firmeninhabers fragend an. Er konnte seinem zukünftigen Geschäftspartner diesen Wunsch nicht abschlagen.

Es gab nicht mehr viel mit Herrn Schmidt zu besprechen. Man verabredete, in Kontakt zu bleiben, sich alsbald zu einem Abendessen gemeinsam mit dem Senior zu treffen.

Der Junior-Schmidt begleitete mich hinaus zum Arbeitsplatz der Sekretärin. Ich merkte, dass er mich nicht gern mit ihr allein ließ, aber schließlich musste er sich aus Höflichkeit doch zurückziehen. Ich plauderte ein paar Minuten mit der jungen Frau. Ohne die beklemmende Anwesenheit ihres Chefs erzählte sie sehr lebhaft und charmant. Ich schaute auf die Uhr, spielte Entsetzen, – oh, mein Gott, ich habe eine Mittagsverabredung, ich muss dringend weg! Können Sie mir nicht Ihre Telefonnummer geben, ich würde Sie wirklich gern noch einmal wegen meines Freundes befragen? Sie schrieb ihre Kontaktdaten auf einen Papierbogen. Margot hatte eine schwungvolle, großzügige Handschrift, die mir gefiel. Ich wollte sie später studieren. Einige Zeit waren sie beim Geheimdienst ganz scharf auf grafologische Gutachten gewesen. Ich hatte entsprechende Kurse belegt.

›Hier im Büro telefoniere ich nicht gern, aber Sie können mich zu Hause anrufen‹, erklärte Margot Sehlbach und übergab mir den Zettel.

Die Sache lief perfekt. Ich würde das Angenehme mit dem Nützlichen verbinden können, dachte ich mir, als ich einen letzten Blick auf Margot warf. Eine wirklich schöne Frau, und ich würde einiges von ihr über das Im- und Export-Unternehmen erfahren können.

XI.

Ein paar Tage später aß ich mit Margot in einem kleinen Restaurant in Hamburg-Eppendorf, das nicht so protzig war, dass es sie einschüchterte, aber nobel genug, um sie zu ehren. Es war abends halb neun, das Lokal voll besetzt, als wir es betraten. Margot trug nicht mehr ihr dunkelblaues Bürokostüm. In einer engen Jeans und einem gut sitzenden Blazer sah sie viel jünger aus als hinter ihrem Schreibtisch. Sie zog die Blicke der Herren auf sich. Ich merkte, dass diese Aufmerksamkeit für die Frau an meiner Seite mir schmeichelte. Sie schien davon aber unbeeindruckt, wohl auch gewöhnt daran.

Der Kellner, ein Italiener, bot uns geschäftstüchtig einen Aperitif an, pries den Champagner, den wir bestellten. Margot freute sich darüber, als ob es für sie kein üblicher Genuss sei. Es wunderte mich, dass man eine so schöne Frau in

Deutschland nicht täglich mit Champagner verwöhnte. Das sagte ich ihr.

Sie lachte: ›'n Bier tut's doch auch! – So ungefähr ist die Haltung des deutschen Mannes.‹

Ihre Augen lachten mit. Das gefiel mir. Sie hatte Humor. Nach dem zweiten Glas Champagner verlor sie ihre sehr sympathische Schüchternheit und ließ ihrer Fröhlichkeit freien Lauf. Sie hatte Spaß an der Unterhaltung oder dachte wohl, es sei eine Unterhaltung, und merkte nicht, wie nur sie erzählte. Die alte Gewohnheit des Geheimdienstlers machte es mir leicht, den Eindruck zu vermitteln, es finde eine muntere Konversation statt, ein Geben und Nehmen im Gespräch, ein Hin und Her, wo doch nur der eine plaudert und wenn es richtig läuft, zu viel ausplaudert. Sie erzählte von ihren Eltern, die bei einem Autounfall starben, als sie 18 Jahre alt war, von der Erbschaft, die es ihr ermöglichte, ein Jurastudium zu beginnen, von ihrer Ehe mit dem ersten Mann, der sie umarmte und ihr das Gefühl gab, geborgen zu sein, zu jemandem zu gehören, nachdem sie sich verloren fühlte nach dem Tod der Eltern. Der Ehemann kein schlechter, aber ein labiler Charakter, ein Träumer und Spinner, der sie von seinen fantastischen Geschäftsideen überzeugte, sodass sie ihm schließlich einen Großteil ihres Geldes in die Hände legte, in gutem Glauben, es sei in den richtigen Händen, am Ende sei aber alles verloren gewesen und der Mann verschwunden nach Südamerika, weiß der Teufel, wohin. Sie musste ihr Studium an den Nagel hängen, bewarb sich um Jobs und schließlich stellte Walter Schmidt sie ein, Walter Schmidt Senior, sie habe nicht einmal Steno gekonnt, ein wenig Schreibmaschine, aber er habe ihr eine Chance gegeben und sie, dankbar für die Hilfe, habe bald darauf seinem Werben nachgegeben, sei seine Geliebte gewesen, es habe ihr auch gefallen, dass er sich ein wenig altmodisch, aber sehr galant und höflich um sie bemüht habe.

›Und‹, fragte ich, ›sind Sie noch immer seine Geliebte?‹

›Nein‹, sagte sie.

›Warum?‹, wollte ich wissen.

Sie sagte, dass er verheiratet sei.

›Aber das haben Sie sicher vorher gewusst.‹

›Ja. Er hat keine Liebe. Ich habe das erst später gemerkt. Auf den ersten Blick hat er mich geblendet. Aber tatsächlich hat er kein bisschen Liebe. Deswegen ist sein Sohn auch so, wie er ist. Sein Vater hatte auch keine Liebe für ihn. Ich kann den Sohn nicht ausstehen, aber ich habe Mitleid mit ihm.‹

Wir aßen Gambas mit viel Knoblauch als Vorspeise, ein wenig Salat dazu und warmes Brot. Sie beschwerte sich nicht über den Knoblauchgeschmack, aß mit Freude, meckerte nicht über die Folgen des überreichlich verwendeten Gewürzes.

Ich bestellte Rotwein, einen Barolo, zu den Lammkoteletts, die genau richtig waren, zart und rosa innen, außen braun und kross gebraten in einer Kräuterkruste. Sie griff die Koteletts an ihrem Stiel und biss lustvoll hinein, ein wenig Fett triefte an ihrem Kinn hinunter. Es gefiel mir, dass eine so schöne Frau über die Lust am Essen diesen kleinen Makel zuließ. Während sie mit ihren ebenmäßigen, sehr kräftigen Zähnen ein Stück Fleisch vom Knochen riss, warf sie mir einen vom Rotwein erhitzten Blick zu. Der Blick traf ins Herz, unverhofft heftig, ich hatte keine Zeit, in Deckung zu gehen, spürte, wie er mich ganz tief innen berührte. Der Fortgang des

Dinners glich einer heimlichen Orgie, jeder Biss, jede Bewegung der Lippen, jeder Schluck aus dem Rotweinglas waren Vorspiel für den ersehnten Liebesakt. Das Verlangen, sich zu berühren, steigerte sich fast ins Schmerzhafte, während wir lustvoll speisten. Wir zögerten den Augenblick der Vereinigung unserer Körper künstlich hinaus, indem wir eine Nachspeise bestellten, einen Espresso, einen Digestiv.«

Ich studierte seine Gesichtszüge und wusste, dass ich nun meiner Feindin gegenüberstand. Ich hasste diese Frau. Eifersüchtig beobachtete ich, wie er seine Gelassenheit einbüßte, während er von ihr erzählte. Seine Augen verloren sich voller Sehnsucht im Grau des nebligen Tages, der trübselig draußen vor den Fenstern hing. Ich meinte, ein leichtes Zittern in seiner Stimme wahrzunehmen, eine Unruhe in seinem Körper, eine Erregtheit in seinen Gesten. Ich überlegte, ob das der Moment war, sich der Konkurrentin zu stellen, hinein in den Augenblick, in dem er sich erinnerte, seine Erregung für mich nutzend, vielleicht war sie herrenlos, und ich könnte sie umleiten auf mich, ihn für mich gewinnen. Und ich wusste, dass es ein törichter Gedanke war, und hörte weiter still zu.

»Als wir das Restaurant verließen, hatten wir uns noch nicht berührt«, erinnerte er sich. »Ich hatte noch nicht ihre Hand gehalten, hatte noch nicht mit den Fingerspitzen über ihre Wange gestreichelt, meine Lippen hatten ihre noch nicht gefühlt, meine Hände hatten noch nicht in ihrem Haar gespielt, unsere Hände hatten sich noch nicht sanft ineinandergelegt. Unsere Hände, die später unsere ganze Liebesgeschichte erzählen konnten, hatten noch nicht die Sensation der ersten Berührung erfahren. Aber wir wussten, dass das alles gleich geschehen musste. Nur einen Moment zögerte ich in der kühlen Luft der Nacht. Ich wollte nicht in ihre Wohnung, nicht in ihr Bett, und in meines wollte ich auch nicht, obwohl es noch jungfräulich war, aber ich liebe es nicht, wenn das erste Erforschen eines Körpers von persönlichen Dingen belastet ist. Ich mag nicht, wenn mein Blick im Augenblick der Hingabe an einem intimen Gegenstand hängen bleibt, an dem Foto eines Kindes oder einer Mutter, an einem Silberschächtelchen mit einer Gravur, an einem Briefumschlag mit Absender. Ich gehe gern in Hotels, das Unpersönliche eines Hotelzimmers lenkt meine Gedanken nicht auf ungewollte Pfade, und ich kann mich ganz auf die Liebe konzentrieren. Die frisch bezogenen Betten geben der Fantasie keine Rätsel auf, wer wohl vorher in dem Bett genächtigt haben mochte, keine zerknüllten Kissen, keine fremden Gerüche in den Decken. Im Bad stehen keine benutzten Zahnbürsten, offene Tuben und Parfums, es riecht neutral und frisch, der Papierstreifen über dem Toilettendeckel garantiert, dass dieser Ort gesäubert und danach nicht benutzt wurde, die kleinen Seifen, die Tuben und Päckchen haben keine Spuren eines Vorher. Ein Hotelzimmer ist ein weißes Blatt Papier, auf dem man eine neue Geschichte beginnen kann. Der Zimmerkellner bringt noch eine Flasche Champagner. Er weiß Bescheid, doch keine Vertraulichkeit zeigt sich auf seinem Gesicht, er zieht sich diskret zurück. Mit ihm kann man ein Geheimnis teilen. Man trinkt den Champagner und schaut aus dem Fenster, auf nicht Vertrautes, womöglich eine fremde

Stadt – so sollte es immer sein: Hotelzimmer in fremden Städten, neutrales Terrain.

Ich hielt ein Taxi an und sagte dem Fahrer, er solle uns am ›Hotel Atlantik‹ absetzen.

Wie beim Essen des Lammes riss sie bei der Liebe Stücke meines Fleisches heraus. Danach lag sie wie ein gesättigter Löwe neben mir, schnurrend und warm ruhte sie an meiner Brust, aber etwas von der Aura der Raubkatze haftete selbst im Schlaf an ihr. Ich betrachtete sie lange. Ich fand sie schön und gefährlich. Margot hatte mich überrascht.

Ich wartete auf ihr Erwachen. Keinesfalls wollte ich diesen Moment verpassen. Er ist immer voll von Wundern. Ich spürte ihre Bewegungen und ahnte das Ereignis voraus. Bevor sie die Augen aufschlug, schnurrte sie genießerisch, ich fühlte ein Räkeln ihres Unterleibes, ihre Lippen tastend auf meiner Brust, ihre Hände suchten nach warmer Haut, ihre Fingerspitzen fanden meinen Rücken, berührten sie mich überhaupt oder schwirrte noch dieser Millimeter elektrisierter Luft dazwischen? Warum überhaupt versuche ich, etwas zu beschreiben, was doch gar nicht zu beschreiben ist? Ich kann fühlen, was ich damals fühlte, aber erzählen kann ich es kaum. Ich hörte ihre Stimme, etwas rau vom Schlaf.

›Das war eine wundervolle Liebesnacht‹, hauchte sie. Und etwas leiser: ›Ich liebe dich.‹

Ich dich auch, dachte ich. Nun war es also doch wieder geschehen. Die Liebe war zu mir zurückgekehrt. Es war kein guter Moment für sie.

Ich betrachtete ihren Körper, ließ meine Hand vorsichtig über die leicht gebräunte, feste Haut gleiten. Ich mag solche Haut lieber als helle, zarte, durch die die Adern bläulich schimmern. Meine Hand forschte weiter, hinunter zu ihrem Po, der rund und kräftig war, auch das liebe ich. Ich mag keine flachen Hinterteile, an denen zu weit außen magere Schenkel baumeln. Ihr Körper war schlank, ließ an manchen Stellen aber ihre Lust am Essen erkennen, ein kleiner Bauch, die vollen Oberschenkel, der pralle Hintern. Vielleicht ist es der Afrikaner in mir, der diese leichte Fülligkeit zu schätzen weiß. Plötzlich rührte sich rasende Eifersucht. Und wenn sie doch noch mit diesem Widerling schlief? Ich konnte den Gedanken nicht ertragen. Seine

Hände auf dieser Haut. Schlimm genug, dass er sie einst hatte berühren dürfen. Wie lange war es her, dass er das letzte Mal …? Ich wollte sie das alles nicht fragen, ich wollte sie nicht mehr aushorchen. Jede Frage war zu viel, klang in meinen eigenen Ohren wie ein Verhör. Ich wollte auch Walter Schmidt nicht mehr nachspüren, sollte er doch zum Teufel gehen. Ich wollte weg mit Margot an einen südlichen Ort am Meer, warm und zärtlich sollten uns Wellen umspülen, die Sonne unsere nackte Haut bräunen. Wir würden Kinder zeugen und ihnen Liebe im Überfluss schenken, damit die Welt keine Walter Schmidts mehr hervorbrachte. War das nicht auch im Sinne meines Großvaters?

Ein paar Tage später reisten wir ab. Wir setzten uns ins Auto und fuhren einfach südwärts, übernachteten in einem kleinen Hotel am Starnberger See. Auf der Terrasse mit Blick über das Wasser tranken wir Weißbier. Der Kellner servierte uns Tafelspitz mit Bratkartoffeln. Wir schwammen nach dem Essen im See. Danach liebten wir uns und fuhren weiter durch die Berge, wohnten in einem alten Gasthof in einem

Südtiroler Dorf, aßen Schnitzel und Kaiserschmarrn, wanderten in der Abendsonne und liebten uns in einer Wiese, um uns herum zirpten die Grillen und irgendwo in der Ferne hörten wir das abendliche Läuten von den Glocken der heimkehrenden Kühe. Fuhren weiter nach Italien, auf der richtigen, der einsamen Seite des Gardasees versteckten wir uns in einer Renaissance-Villa, die zu einem Luxushotel mit nur sechs Zimmern umgebaut worden war. Wir aßen Spaghetti mit Trüffeln und frischem Fisch und liebten uns. Fuhren weiter an die Küste, hausten drei Tage in einer Villa am Meer, die uns ganz allein gehörte, mit einer Bucht dazu und einem kleinen Boot. Wir lagen nackt am Strand, fuhren abends mit dem Schiff hinaus. Ich holte Fische aus dem Meer, die wir eine Stunde später grillten, und sie sagte, dass sie noch nie so frischen Fisch verspeist hätte. Wir liebten uns am Strand und schauten dabei in die Sterne und hörten die Wellen rauschen. Wir wollten beide, dass es für immer genau so bleiben sollte. Wir überquerten den Apennin, fuhren hinab in den ›Garten Italiens‹, vor uns lagen die Hügel der Toskana, wie von einem Bildhauer modelliert.

Wir versanken im geheimnisvollen Dunst, der sich manchmal in verschiedenen Abstufungen der Helligkeit über die Landschaft dieser Gegend legt. In den Hügeln der Toskana fanden wir ein abseits gelegenes Landgut, ein kleines Hotel, unentdeckt von lärmenden Touristen, auf der Kuppe eines Hügels von Zypressen beschützt. Durch die Verwendung des Bruchgesteins schien das Haus aus den Felsen herauszuwachsen, die Dachziegel mit Flechten bewachsen, Architektur verbunden mit ihrer Umgebung. Nur ein paar Liebespaare schlüpften hier unter, niemand beachtete uns, weil alle nur Augen für ihre Liebsten hatten. Wir saßen unter Pinien und tranken herben Rotwein, aßen von den Spezialitäten der Gegend, Schinken, Salami, Brot mit Öl und Knoblauch. Es roch nach Rosmarin, Lorbeer, Thymian, Oregano und Basilikum. Wir liebten uns im rötlichen Dunst, der abends diese Hügel umhüllt, liebten uns bewacht von einer Reihe Zypressen.

Warum nur genoss ich nicht schweigend mein Glück? Vielleicht stach mich die Eifersucht, oder mochte ich selbst nicht an mein Glück glauben?

Ich stellte diese Frage.

Er hatte mich nicht ganz losgelassen, Walter Schmidt. Mitten in der Toskana drängte er sich zwischen uns oder drängte sich nur mir auf, war plötzlich da, und ich fragte Margot, wieso er keine Liebe habe. Sie schien nicht einmal überrascht von meiner Frage, als habe sie schon darauf gewartet. Sie antwortete erst zögernd, dann bereitwillig, begann zu erzählen und konnte nicht mehr aufhören, als müsse sie sich das Bedrückende von der Seele reden.

Walter Schmidt war kein Dummkopf, er hatte Margot nicht aus Mitleid eingestellt. Er erkannte ihre Intelligenz, sah ihre Schönheit, wusste über ihre Notlage Bescheid. Ein Mädchen, das ihm zur Dankbarkeit verpflichtet sein würde, wenn er ihr eine Chance gab. Und sie zeigte sich dankbar, ließ sich verführen von einem Mann, der ihr Großvater hätte sein können. Vielleicht war es genau das, was sie gesucht hatte, einen Vatererersatz, einen Beschützer. Für kurze Zeit spielte er die Rolle, zeigte sich als Gentleman, als verständnis- und liebevoller Verehrer, als erfahrener Liebhaber. Sie fühlte Geborgenheit und war zufrieden, auch wenn sie nur Geliebte war und es ihr in der Beziehung an Leidenschaft fehlte. Sie erinnerte sich noch genau, wann sich zum ersten Mal Misstrauen bei ihr eingeschlichen hatte. Ein arabischer Geschäftsmann war zu Besuch. Sie brachte Kaffee, betrat vielleicht einen Moment zu früh das Büro, hörte das Wort ›Tanks‹, sah die Handbewegung, mit der ihr Chef das Gespräch abschnitt, ein kurzes, beklemmendes Schweigen, gefolgt von einem allzu munteren Gerede über Belanglosigkeiten. Sie spürte die gierigen Blicke des Arabers, das Taxieren ihrer Brüste, wie er mit den Augen ihre Figur abtastete. Als sie den Raum verließ, fühlte sie sich entkleidet, entehrt, beschmutzt. Danach war Walter Schmidt zu ihr gekommen, hatte ihr erklärt, dass der arabische Geschäftsfreund allein in der Stadt sei und sich zum Abendessen eine Begleitung gewünscht habe, ihre Begleitung, nur zum Abendessen, kein Problem, ein netter Mann, ein wichtiger Geschäftspartner. Sie sah ihm an, dass er genau wusste, dass er sie verschacherte um seiner Geschäfte willen. Sie war tief gekränkt, gedemütigt und traurig. Vielleicht aus Trotz stimmte sie zu, in der Hoffnung, er würde seinen Fehler bemerken, würde sie zurückhalten, aber er dankte ihr in heiterer Stimmung und freute sich über den unkomplizierten Verlauf des Gesprächs.

Ich spürte, wie mein Hass auf diesen Mann wieder anwuchs. Ich erinnerte mich an das Versprechen, das ich meinem Großvater gegeben hatte, und ich wusste in diesem Moment, dass ich meiner Aufgabe nicht entkommen würde, dass ich im Überschwang der Liebe nur einen kurzen Augenblick der Verantwortungslosigkeit erlebt hatte, aber ich der Verantwortung nicht entrinnen konnte. Ich hatte eine Mission, die musste erfüllt werden, und ich würde sie erfüllen, so war das nun einmal. Es würde Opfer kosten, das wusste ich auch.«

Der graue Tag ging früh in eine Abenddämmerung über. Gleich würde es finster sein. Er hatte kein Licht angeschaltet, keine Kerzen angezündet. Ich saß als grauer Schatten in grauen Kissen, mich beschlich das Gefühl, dass ich mich nicht mehr von meinem Hintergrund abhob. Hineingeschmolzen in ein Gemälde aus Grautönen. Ich hätte mir doch den Lippenstift kaufen sollen – damals, dachte ich. Dann würde sich aus all dem Grau ein Farbtupfer hervorheben. Ich sah das Bild vor mir, die grauen Konturen, ich malte den lockenden roten Mund mitten hinein. Jawohl, der kirschrote Lippenstift wäre es gewesen. Er hatte mich von dem Kauf abgehalten, hatte mich in Grautönen gewollt, keine Ablenkung. Ich starrte ihn aus meinem grauen Bild an. Vielleicht leuchteten meine Augen, zwei Lichtpunkte, auf die er aufmerksam werden würde. Aber er war gar nicht da, nicht in diesem Raum. Ich konnte ihn nicht erreichen, nicht dort, wo er sich in seinen Erinnerungen aufhielt, Jahre zurück, in Hamburg, in der Toskana. In der Toskana war ich auch mal gewesen, mit Alex – oder mit Tommy? Doch eher mit Alex. Ich erinnerte mich an ein riesiges Ehebett aus dunklem Holz, im italienischen Renaissancestil mit geschnitzten Säulen und Knäufen, an gedämpftes Licht, das durch halb geschlossene Fensterläden fiel, an einen schlanken braunen Männerkörper auf weißen Laken. Also doch Alex, Tommy war eher etwas füllig gewesen. Ich erinnerte mich an Hitze und Mittagsstunden, in denen man aus der Sonne floh hinter Mauern, die etwas von der kühlen Nachtluft speicherten, an kurzen Schlaf vom schweren Wein, den wir zu einem zu schweren Mittagessen getrunken hatten, an ein Erwachen in wollüstiger Stimmung, an Umarmungen unserer schlaffen Körper. Und plötzlich fiel mir ein, dass ich weder mit Alex noch mit Tommy in die Toskana gereist war. Michael hatte mich eingeladen. Plötzlich sah ich sein dunkles, langes Haar auf den Kissen liegen, und ich erinnerte mich, wie sehr wir uns geliebt hatten, wie leidenschaftlich, unsere Leidenschaft voll von Schwüren, Sehnsucht nach Ewigkeit. Zehn Jahre später musste ich mich konzentrieren, um den richtigen Mann an den richtigen Ort zu platzieren. Ich taugte nicht für die große Liebe, vielleicht als Zuhörer und Zeuge einer großen Liebesgeschichte, vielleicht sogar als Autor, aber nicht als Akteur, nein, leider nicht. Das hatte Ariel vielleicht erkannt und mich deshalb ausgewählt, ihm zuzuhören.

XII.

»Der Abend mit dem Araber verlief für Margot unerfreulich. Sie ließ sich von ihm zum Abendessen einladen, er führte sie ins Restaurant des Jahreszeiten-Hotels, bestellte Champagner und Kaviar, schikanierte das Personal, ließ sich alle paar Minuten ein Telefon anreichen, um hineinzubrüllen in gutturalen Lauten mit vielen ›Allas und Machallas‹, von denen sie nichts verstand und die ihr unsympathisch in den Ohren klangen. Er beendete nach einer Stunde das Essen und wollte sie auf sein Zimmer schleppen. Als sie sich weigerte, wurde er grob, meinte: ›Everything was arranged with Mister Schmidt‹. ›We are not in Saudi Arabia, that's Western-Europe, and women are quite independent here‹, antwortete sie empört und stürmte zum Ausgang, er hinterher, hielt sie am Arm fest, bis der Kellner einschritt und um ein wenig Contenance bat.

Beinahe hätte der Arme noch einen Schlag an den Kopf bekommen, aber der Araber konnte sich nicht entscheiden, ob er sich um sie oder lieber um den Kellner kümmern sollte. Diese Sekunde nutzte sie, um sich loszureißen, war aus dem Hotel geflohen. Da sie nicht gleich ein Taxi fand, stand er sofort wieder neben ihr, hielt sie fest und zerrte an ihr, sodass ihre Bluse zerriss, als sie sich von ihm befreite. Er schimpfte in seinem Arabian English, so grotesk, dass sie trotz ihrer bedrängten Lage fast lachen musste: ›I paid for de dinner‹, schrie er, wobei seine Stimme in der Aufregung eine Oktave höher rutschte, ›so you now go wid me‹. Sie kam sich vor wie eine Hure und redete also auch wie eine Hure und brüllte zurück: ›Fuck you and your bloody country with all this fucking arabian men in it. Where do you think you are? This is Germany, where women still have a choice, so piss off with your fucking money and look for a bitch, this city is full of whores, St. Pauli is just around the corner!‹ Der Araber ließ von ihr ab, stand geschockt da, perplex, weil wohl noch nie eine Frau es gewagt hatte, so mit ihm zu reden. Endlich kam das Taxi. Sie sprang hinein, froh, sich gerettet zu haben, bevor er es sich anders überlegte. Vielleicht hatte er eine Waffe, vielleicht würde er sie benutzen in seiner Wut und seiner verletzten Mannesehre.

In diesem Hotel, sagte Margot, brauche sie sich nicht mehr blicken zu lassen, aber das sei ihr egal, es sei sowieso zu teuer für sie. Der nächste Tag sei auch nicht sehr schön gewesen. Sie sei pünktlich im Büro erschienen, da habe Walter Schmidt noch nichts von der Sache gewusst. Er habe sie sehr freundlich gefragt, wie der Abend verlaufen sei. Okay, habe sie knapp geantwortet. Am späten Vormittag seien aber die Gewitterwolken aufgezogen, da habe sich der Araber wohl telefonisch bitterlich beschwert und Walter Schmidt sei mit Vorwürfen zu ihr gekommen. Die Geschäfte würden sich durch ihre Schuld nun schwierig gestalten, wichtige Vertragsabschlüsse seien in Gefahr, viel Geld stehe auf dem Spiel.

Bei Margot ging eine Alarmlampe an, das Wort ›Panzer‹ klingelte in ihrem Kopf, Briefe, in denen es um Ware ging, immer um Ware, welche Ware? Sie war blind und taub gewesen, froh diesen Job zu haben, ein sicheres Einkommen im

Im- und Export-Unternehmen, Im- und Export für was, so richtig hatte sie danach nicht gefragt, einmal vielleicht, da hatte Walter Schmidt unbestimmt geantwortet: Wir exportieren alles Mögliche, Maschinen, Anlagen, Lastwagen. Das hatte ihr gereicht, damals – aber nach dem erniedrigenden Erlebnis mit dem Araber war sie wach geworden und wütend. Sie fing an zu recherchieren, Unterlagen zu lesen, anders als sonst zu lesen, mit diesem Verdacht im Hinterkopf. Und plötzlich klangen die Dinge so eindeutig, wenn man die Wörter Maschinengewehre, Panzer, Raketen einsetzte.

Sie spürte in den Wochen nach dem missglückten Abendessen, dass Walter Schmidt sie gern loswerden wollte, aber dass er nichts übereilen, keinen Verdacht erregen mochte, merkte sie auch. Bloß keinen Ärger mit ihr. Es sollte alles diskret geregelt werden. Schmidt nahm sich Zeit. Sie trafen sich nicht mehr, nicht privat, nicht in irgendwelchen Hotelbetten. Seit dem Vorfall mit dem Araber hatte er sie nicht wieder um ein Rendezvous gebeten, und sie war froh darüber. Die Stimmung in der Firma war merkwürdig angespannt. Eine Entscheidung stand im Raum, eine

Kündigung, aber noch hatte keiner sie ausgesprochen. Sie wartete, sammelte Informationen, holte sich Material aus Archiven, setzte Puzzlesteine zu einem Bild zusammen. Das Bild zeigte unter anderem eine Atomanlage, wahrscheinlich für den Irak.

»Atomwaffen in der Hand unserer benachbarten Feinde. Bei mir gingen die Alarmsirenen los«, berichtete Ariel. Ich durfte keine Zeit verlieren, jede Minute zählte.

Wieder einmal wurden zwei Menschen aus dem Paradies verstoßen. War es meine Schuld? Hatte ich überhaupt je eine Wahl?

Ich durfte Margot nicht einmal die Wahrheit sagen, musste einen wichtigen Geschäftstermin vortäuschen, um unsere abrupte Abreise zu erklären. Ihr trauriger Blick, der alles und nichts verstand, quält mich noch heute. Sie wusste nicht, wieso wir Italien schnell verlassen mussten, wusste aber, dass etwas Schönes zu Ende ging. Vielleicht für immer – das sagten ihre entsetzten Augen, aber ich wollte es so nicht sehen. Ich hatte eine Aufgabe zu erledigen, danach würde ich frei sein, dachte ich und hoffte und sah nicht oder wollte nicht sehen, wie die dunklen Wolken sich über uns zusammenzogen.

Auf der Rückreise kamen wir vorbei an all den Plätzen, an denen wir glücklich gewesen waren, ohne die Zeit noch einmal innezuhalten, ließen die Orte der schönen Erinnerungen links liegen, rasten nach Norden, und sie sagte: ›Weißt du noch hier, erinnerst du dich noch an das kleine Hotel am Wasser, an die Schnitzel, an den Tafelspitz, an das Bier, an den Wein, denkst du daran, wie wir in der Wiese lagen, am Wasser, an die Kuhglocken, an den Duft nach Heu, an den Sternenhimmel, an unser Lachen, an den dicken Wirt, an meine Liebe?‹ Ich hielt ihre Hand, fast die ganze Fahrt über, hielt sie fest und eilte durch Deutschland meinem Auftrag entgegen, der Pflicht, dem Dienst am Vaterland und um den letzten Willen eines alten Juden zu erfüllen.

In Hamburg brachte ich Margot in ihre Wohnung, beschwor sie, sich krankzumelden, keinesfalls mehr ihre Firma zu betreten, ich würde ihr eine neue Arbeit beschaffen, ich würde ihr helfen, sie solle sich nur auf mich verlassen. Am selben Tag noch wurde sie entführt, eine El Al Maschine brachte sie nach Tel Aviv. Am Tag darauf wachte Margot in einem Hotel am Roten Meer auf, etwas benebelt von den Drogen, die man ihr verabreicht hatte, arme Margot. Was für ein Schock für sie. Gerade noch in ihrer Hamburger Wohnung und einen Tag später blickt sie aus dem Fenster eines Hotelzimmers auf die Wellen des Roten Meeres. Ich sah sie auf den Spuren von König Salomon wandeln, der an der nördlichen Spitze des Roten Meeres eine Stadt gegründet haben soll, womöglich dort, wo das heutige Elath liegt, das nun Margot beherbergte, meine Margot, allein in einem luxuriösen Hotelpalast, vielleicht verzweifelt und einsam, aber gesund und lebendig. Lebendig immerhin. Ich hatte nicht noch eine Geliebte verlieren wollen.

Bereits von Italien aus hatte ich Kontakt mit der Mossad-Zentrale aufgenommen. Kurz darauf machten sich Experten auf den Weg, Männer, die in jede Festung eindringen können, die einen Heuhaufen durchsuchen und die Stecknadel finden, ohne dass nachher ein Strohhalm an einer anderen Stelle als zuvor liegt. Der Verdacht wurde zur Gewissheit. Über die Firma von Walter Schmidt gelangten Teile zum Bau einer Atomanlage in den Irak. Mit dem Inferno, das dann folgte, hatte ich nichts mehr zu tun. Es starben irakische Wissenschaftler und Techniker, Raketen zerstörten ein Werk im Irak. Der Mossad tat seine Arbeit. Mir überließ man Walter Schmidt, das hatte ich verlangt, und man hatte es mir zugestanden.

Nach unserer Italienreise nahm ich mein Geschäftsleben in Hamburg wieder auf. Walter Schmidt Senior war mir bis dahin nicht begegnet. Ich konnte mir vorstellen, welche Aufregung in der Im- und Exportfirma herrschte, nach allem, was geschehen war. Ich ging davon aus, dass man dort dringend neue Geschäftspartner suchte.

Ein paar Tage nach meiner Rückkehr betrat ich erneut die Büros am Ballindamm. Margots Schreibtisch stand verlassen in den protzigen Räumen. Einzig ihre Anwesenheit hatte diesem Scheißladen ein menschliches Antlitz verliehen. Nun war sie in Israel – sicher, beschützt. Der Gedanke an sie versetzte mir einen Stich. Ich hatte nicht einmal mit ihr telefonieren, sie nicht um Verzeihung bitten können. Ich hatte in Hamburg einen Auftrag zu erledigen. Ich wollte die Sache hinter mich bringen – möglichst schnell.

Für den letzten Akt hatte ich einen prunkvollen Rahmen gewählt. Walter Schmidt liebte Prunk.

Das Anwesen lag an der Elbchaussee, umgeben von einem weitläufigen Grundstück, Büsche und große Bäume verbargen das Haus vor den Blicken neugieriger Passanten. Die nächste Villa lag Hunderte von Metern entfernt. Stille.

Für den Abend der Einladung hatte ich den Garten und das Haus festlich beleuchten lassen. Eine breite Treppe führte zum Eingang. Dann betrat der Gast eine hohe Empfangshalle mit einem Marmorboden im Schachbrettmuster, hohe Eichentüren führten in die angrenzenden Räume. Der Tisch im Esszimmer nur für drei Personen gedeckt. Ich hatte ihn trotzdem recht lang gelassen, ich brauchte Abstand. Alte Teppiche, edles Porzellan, silberne Kandelaber und üppiger Blumenschmuck ließen keinen Zweifel daran, dass hier ein wohlhabender Mann residierte.

Ich hatte lange überlegt, ob ich den Vater allein zum Essen bitten sollte, hatte mich aber dafür entschieden, auch den Sohn einzuladen. Ich ließ die Herren Schmidt Senior und Junior von einem Fahrer abholen, der die beiden an der Freitreppe absetzte. Ein schwarz befrackter Diener mit weißen Handschuhen öffnete die Wagentür, führte die Herren in die Eingangshalle, nahm ihnen die Mäntel ab und brachte sie zu mir in den Salon. Sie akzeptierten den Champagner, auch die Kanapees mit getrüffelter Gänseleber, ließen sich nachschenken von dem ganz bezaubernden Serviermädchen, eine blonde, hellhäutige Agentin aus Israel, von der Walter Schmidt Senior die Augen nicht wenden konnte (wie sollte er ahnen, dass er der Rassenschande schon wieder gefährlich nah war). Sie lächelte zurück, etwas schüchtern, aber sehr charmant, wie es ihr aufgetragen war. Sie hatte eine exzellente Ausbildung genossen, genauso wie der Diener Sebastian, so nannte er sich auf jeden Fall. Seinen wirklichen Namen kannte ich nicht, wusste nur, dass er schnell und lautlos töten konnte. Das hatte ich einst mit eigenen Augen gesehen. Seinen Job als Diener erledigte er an diesem Abend genauso umsichtig und lautlos. Geschmeidig bewegte er sich zwischen den Gästen, schenkte den Champagner nach, geleitete die Herren zu Tisch, schob ihnen die Stühle unter ihr Gesäß und hätte ihnen mit demselben höflich zurückhaltenden Gesicht auch ein Messer zwischen die Rippen gestoßen, wenn ich es befohlen hätte.

Bei der Vorspeise drehte sich das Gespräch um freundliche Belanglosigkeiten. Das hübsch anzuschauende Kaviar-Hummer-Arrangement wurde in der Konversation durch nichts als Annehmlichkeiten begleitet.

›St. Tropez war dieses Jahr wieder sehr überfüllt.‹ ›Ja, leider, der Pöbel rückt jetzt überall nach.‹ ›Aber das Essen bei Monsieur Paul ist immer noch umwerfend, diese Gänseleberpastete – ein Gedicht.‹ ›Ich habe mir eine große Terrine mitgebracht.‹

›Mein Sohn hat seine Jacht jetzt nach Monaco verlegt, ein sehr angenehmes Publikum dort. Wenn er nur nicht das hart verdiente Geld seines Vaters verspielt, haha.‹

Der Sohn senkte den Blick, ich sah trotzdem die Kränkung in seinen Augen, bevor sie von den Lidern verdeckt wurden.

›Im Winter fahren wir dieses Jahr nicht nach Moritz, zu viel Trubel, man will ja auch ein bisschen Erholung nach all der Arbeit, vielleicht machen wir es uns in Gstaad gemütlich, da geht es etwas familiärer zu.‹

Die Schmidts kennen sich aus an den eleganten Plätzen dieser Erde.

Auch die Hauptspeise nicht getrübt durch Businesstalk, obwohl ich merke, dass der Senior langsam nervös wird. Sein Lachen wird lauter, der Griff zum Glas wiederholt sich in kürzer werdenden Abständen. Sebastian gießt beflissen nach. Der Sohn bemerkt das besorgt, aber traut sich nicht, etwas zu sagen. Das bezaubernde Mädchen beugt sich tief hinab, um die Schüsseln anzureichen, und obwohl sie eine durchaus züchtige Bluse trägt, versucht der Alte einen Blick in ihr Dekolleté zu erhaschen. Ich sehe das Verlangen in seinen Augen. Er ist nicht weit davon entfernt, ihr heimlich den Hintern zu tätscheln. Ich lächele und gebe vor, das alles nicht wahrzunehmen, während der Sohn unruhig auf seinem Stuhl hin und her rutscht, schließlich mit dem Bemühen um einen freundlichen Ton sagt:

›Denk an deine Leber, Vater.‹

Ein zorniger Blick trifft den Sohn und ein gezischeltes ›Halt dich da raus!‹

Dieses Mal sehe ich etwas wie Hass in den Augen des Sohnes aufblitzen, kurz bevor die Liddeckel fallen.

Noch sammele ich Informationen, eins kommt zum anderen, ein Bild fügt sich zusammen.

Beim Kaffee in der Bibliothek läute ich die zweite Runde ein. Sebastian bietet Cognac an. Der Alte lässt sich ein großes Glas eingießen, mustert missbilligend seinen Sohn, der den Digestiv ablehnt.

›Eine schlappe Generation‹, brummelt der Senior mit bösem Grinsen.

›Let's talk business!‹, schlage ich vor und beobachte, wie der Senior sich in seinem Sessel aufrichtet. Trotz seines hohen Alkoholkonsums wirkt er präsent. Er ist kein Dummkopf. Aufgepasst, immer wachsam bleiben, Ich pflege meine Gegner nie zu unterschätzen.

›Panzer für Israel.‹

Ich spreche mein Stichwort gelassen in die Runde und warte die Reaktion ab.

›Wieso sollten wir …?‹, bemerkt Schmidt Senior vorsichtig.

›Ein Geschäft in dreistelliger Millionenhöhe – PJI und Partner ist dabei.‹

Das ist das Zauberwort. Mit PJI hat Schmidt einige Deals erfolgreich abgewickelt. Zwischen den beiden Firmen besteht ein vertrauensvolles Verhältnis. Zur Nachprüfung meiner Behauptung wird es nicht mehr kommen.

Ich lasse einige Details einfließen, die den Schmidts den Mund wässrig machen sollen. Es gelingt, ich sehe die Gier in den Zügen des Seniors.

Dann komme ich zum Punkt:

›Nur eine Kleinigkeit. Die Juden machen gern Geschäfte mit den eigenen Leuten, zumindest ein wenig Verwandtschaft wäre nützlich.‹

Das war Quatsch. Bei Waffengeschäften verhandelten die Israelis mit dem Teufel, aber ich weiß, dass Schmidt noch nie Geschäfte mit Israelis gemacht hatte. Er hatte keine Ahnung von den Vorstellungen jüdischer Geschäftspartner.

Er schluckt den Köder.

Schmidt Senior dreht den Cognacschwenker in seiner Hand, blickt angestrengt auf die rotierende Flüssigkeit. Ich ahne, wie es hinter seiner Stirn arbeitet. Ich hätte gern mittels eines Röntgengeräts seiner Hirntätigkeit zugeschaut. Das ist mir nicht vergönnt. Ich kann nur das Ergebnis abwarten.

Der Alte räuspert sich verlegen, setzt zum Sprechen an, bricht wieder ab, als ob er seinen gerade gefassten Entschluss noch einmal überprüfte. Er stürzt den Cognac hinunter. Damit scheint die Entscheidung gefällt.

›Wollenberg‹, sagt er.

Ich zucke zusammen, als ich meinen eigenen Namen aus seinem Mund höre.

›Die Wollenbergs – Sie wissen, wen ich meine.‹

Ich nicke.

Ich sehe die neugierigen Blicke seines Sohnes, der halb bewundernd, halb erstaunt darauf wartet, was sein ausgekochter Vater ausbrütet.

›Ich war verheiratet mit einer Wollenberg, einer Tochter Wollenberg, vom großen alten Wollenberg, vor dem Krieg.‹

Er hält sein Cognacglas in Sebastians Richtung. Es wird bereitwillig gefüllt.

Der Sohn starrt den Vater an, kann seine Fassungslosigkeit schwer verbergen. Mit einer Hand fährt er sich an den Kragen, lockert die korrekt sitzende Krawatte. Was wird hier gespielt? Pokert der Alte oder sagt er die Wahrheit?

Der Alte blickt zu mir.

›Sie kennen den Namen?‹

›Ja, natürlich, Wollenberg. – Und die Ehe?‹

›Ähm, wir trennten uns, tja, sie hat mich verlassen, sehr unangenehm, äh, wohl wegen eines anderen.‹

Er stottert. Zum ersten Mal ist er verunsichert. Die Entwicklung des Gesprächs hat ihn überrascht. Er hat seinen Text nicht einstudieren können.

›Kinder?‹, bohre ich weiter.

›Kinder?‹

Sein Hirn läuft auf Hochtouren, versucht zu antizipieren, wie weit die Israelis wohl Nachforschungen anstellen können und was nachzuweisen ist. Der Mann ist schlau.

Er entscheidet sich für ein Kopfnicken.

›Ja, zwei Kinder.‹

Der Sohn öffnet den oberen Kragenknopf, fährt sich mit den Händen durch die Haare, die säuberliche Frisur gerät in Unordnung. Er bittet Sebastian um ein Glas Cognac und stürzt es in einem Zug hinunter. Das alles beobachte ich aus dem Augenwinkel, während ich meinen Blick anscheinend unbeteiligt in mein Glas hineinversenke.

›Wo ist Ihre Frau jetzt? Sind die Kinder im Unternehmen tätig?‹

Wieder wird der Alte ein wenig nervös, aber nicht sehr, nimmt sich Zeit zum Überlegen. Durchaus plausibel – ein Mann in seiner Situation.

›Der Kontakt brach ab, wir schieden im Zorn, Sie verstehen, ich als Gehörnter.‹

Seine Geschichte war nicht schlecht.

›Die Kinder?‹, insistiere ich.

›Die hat sie mitgenommen. Sie hatte eine einflussreiche Familie, international tätig. Ich war ein kleiner Fisch dagegen, meine Familie hatte in der Weltwirtschaftskrise alles verloren. Ich glaube, dass sie ins Ausland ging. Über die Kriegswirren verlor ich ihre Spur.«

Er gibt sich nachdenklich.

›Irgendwie habe ich dann auch einen Strich unter dieses Kapitel meines Lebens gezogen, meine zweite Frau geheiratet, meinen Sohn bekommen.‹

›Leider ist der alte Wollenberger ja nun tot, sonst würde er sicher für Sie bürgen. Den Gefallen hätte er Ihnen bestimmt gern getan, nach dem, was seine Tochter Ihnen angetan hat.‹

›Ja, sicher.‹

Er schwitzt nicht mal bei dieser Unverschämtheit, keine Schweißperlen auf der Stirn, kein Zittern in der Stimme.

Er weiß Bescheid, er weiß von dem Tod meines Großvaters, es stand in allen Zeitungen, sonst hätte er das Geständnis sicher nicht riskiert.

›Vielleicht ein Schwager, Neffen, die Sie bitten könnten?‹

›Nein, tut mir leid, kein Kontakt mehr.‹

Ich schwieg. Das Gespräch verlief in etwa so, wie ich es mir vorgestellt hatte. Nichts Überraschendes, aber nun, da alles so geschah, wie ich es mir gedacht hatte, ekelte es mich. Ich ekelte mich vor Walter Schmidt, seiner aalglatten Tüchtigkeit, mit der er sich durch diese Inquisition lavierte. Ich hatte einen Plan ausgeheckt, in dem der Sohn den Vater quälend langsam zur Wahrheit bringen sollte. Ich wollte das alles nicht mehr, ich wollte nur noch, dass es möglichst schnell vorbei sei.

›Auschwitz 1944, Tod von Miriam Wollenberger und ihren zwei Kindern.‹

Der Alte zuckt zusammen, hat sich aber durchaus in der Gewalt. Sein Hirn arbeitet. Was hat das hier zu bedeuten?

Ich blicke zu dem Jungen. Der Schock steht ihm ins Gesicht geschrieben. Mit offenem Mund blickt er von mir zu seinem Vater, ratlos, rauft sich die Haare. Er weiß, dass mehr kommen wird, und das Entsetzen gibt seinem Gesicht menschliche Züge, er wird mir fast sympathisch.«

Mittlerweile war es stockfinster in dem Raum. Fast nicht mehr wahrzunehmen die Umrisse des Mannes mir gegenüber, der in die Dunkelheit hineinsprach, an mir vorbei. Ich war nur noch ein schwarzes Gespenst, ein Nichts, nicht mehr als ein Tonband, das seine Worte aufzeichnete. Ich ertrug das nicht.

»Lass mich gehen!«

Ich brüllte den Satz in die schwarze Nacht hinein.

Ein Lichtschein beendete den Spuk. Er hatte eine Lampe neben sich angeknipst und sah überrascht zu mir hinüber.

»Ich kann nicht mehr, lass mich gehen«, wiederholte ich mit etwas gefassterer Stimme.

»Du bist frei«, sagte er.

Ich schüttelte den Kopf.

»Nein, bin ich nicht«, antwortete ich leise, »bin ich nicht. Bin ich – nicht.«

Er kam zu mir herüber, wie immer mit den geschmeidigen Bewegungen eines Panters oder eines Gepards. Er trat hinter meinen Sessel, zwei gebräunte Arme umfassten mich, zwei Hände mit langen schlanken Fingern ergriffen meine Hände, ich spürte seine Wange an meiner, seinen Mund an meinem Ohr.

»Ich weiß, was du für mich tust«, flüsterte er. »Um alles in der Welt, lass mich nicht allein. Bitte!«

Seine Stimme schmeichelte sich in meinen Willen hinein. Aber noch wehrte ich mich. Ich wollte gehen.

»Ich werde noch verrückt über diese Liebe. Ich muss etwas tun. Du bist meine einzige Hoffnung«, hörte ich seine Stimme bettelnd an meinem Ohr.

Ich spürte seine Tränen an meiner Wange. Ich saß ganz still und fühlte seine Liebe. Mein Herz war eine offene Wunde und seine Liebe wie Salz darin, sie schmerzte und brannte. Ich hatte dieses Fegefeuer meines Herzens hundertfach verdient in den letzten beiden Jahrzehnten. Diese

Erkenntnis linderte die Pein kein bisschen. Ich weiß nicht, ob er auch meine Liebe fühlte. Wie lange wir so verharrten, kann ich nicht sagen. So intensiv hatte ich Liebe in meinem ganzen Leben nicht gespürt, und diese galt nicht einmal mir.

XIII.

Irgendwann setzte er sich und erzählte mir, wie der Abend in der Villa zu Ende ging. »›Sie heirateten eine Frau aus einer der reichsten und angesehensten jüdischen Familien Deutschlands‹, erinnerte ich Walter Schmidt, ›aber als Sie Ihre Ehe schlossen, Herr Schmidt, war Judentum noch kein Problem in diesem Land. Kein großes. Miriam liebte Sie, stand treu zu Ihnen, gegen den Widerstand ihrer eigenen Familie. Die Wollenbergs waren nicht begeistert über diese Verbindung. Nicht, weil Sie ein armer Tropf waren, sondern weil mein Großvater Sie für einen Opportunisten hielt.‹

Ich sehe die Überraschung in seinem Gesicht. Ihm scheint langsam zu dämmern, mit welchem Gegner er es zu tun hat.

›Ein Opportunist, Herr Schmidt. Wie recht er hatte. Ihre Kinder, Herr Schmidt, geboren 1932 und 1934, beide tot, und Ihre Frau Miriam, tot, weil Sie die Ehe annullieren ließen, gerade rechtzeitig genug, um bei den Nazis Karriere zu machen. Aber die Verunreinigung des deutschen Blutes war schon geschehen. Zwei halbjüdische Kinder. In Auschwitz wurde dieser Fehler korrigiert, Herr Schmidt.‹

Walter Schmidt Senior springt auf.

›Ich werde mir diesen Blödsinn keinen Moment länger anhören.‹

Bevor er zur Tür stürmen kann, legt sich eine Hand schwer auf seine Schulter und drückt ihn zurück in den Stuhl.

Der Sohn sitzt in sich zusammengesackt, starrt vor sich hin.

›Ist das alles wahr, Vater?‹, fragt er mit gebrochener Stimme. Von seinem einstigen Schneid ist nichts übrig. Er tut mir leid. Auch er ist ein Opfer dieses Mannes.

›Halt du den Mund!‹, brüllt ihn der Alte an. ›Halt den Mund und lass uns gehen.‹ Er versucht, Sebastians Hand abzuschütteln.

›Gebt ihr Scheißjuden denn niemals Ruhe?‹, schreit er mich an.

Der Sohn springt auf und rüttelt am Arm des Vaters. Niemand hindert ihn daran.

›Vater, was ist an dieser Geschichte dran?‹

›Kannst du bitte endlich die Klappe halten? Dich geht das hier alles überhaupt nichts an.‹

›Es geht mich nichts an, dass mein Vater eine Frau und zwei Kinder ihrem Schicksal überlassen hat? Mein Lebtag lang hast du mir deine Knute gezeigt, hast mich zu deinem Werkzeug gemacht, hast mich in deine dreckigen Geschäfte hineingezogen. Ein folgsamer Sohn. Und mich geht es nichts an, was mein Vater verbrochen hat?‹

Er packt den Vater mit beiden Händen, als wolle er die Wahrheit aus ihm herausschütteln, schlägt ihn mit seinen Fäusten.

›Nimm endlich deine Hände von mir‹, schreit der Vater, doch er hat alle Autorität über den Sohn verloren. Der lässt ihn zwar los, aber nur, um sich an mich zu wenden.

›Stimmt das alles, was Sie erzählt haben? Ich muss es wissen. Bitte sagen Sie mir die Wahrheit. Und bitte sagen Sie mir, wer Sie sind. Sind Sie tatsächlich ein Neffe meines Vaters?‹

›Ich bin ein Neffe seiner ersten Frau. – Und zu Ihrer ersten Frage: Ja, ich sage die Wahrheit.‹

›Was soll das hier eigentlich werden?‹, meldet sich wieder die zornige Stimme des Alten. ›Eine

Inquisition, eine Gerichtsverhandlung? Soll ich eine Beichte ablegen und bereuen?‹

›Herr Schmidt, Sie übersehen nicht ganz den Ernst der Lage. Dieses ist eine Hinrichtung.‹

Das Urteil ist gesprochen, aber er scheint nicht zu begreifen, scheint nicht zu verstehen, dass dies hier wirklich eine Art Gerichtsverhandlung ist. Vielleicht ist das auch zu viel verlangt.

Ich gebe keine weiteren Erklärungen. Ich stehe auf und wende mich zum Gehen.

›Ihr Sohn ist frei, dieses Haus zu verlassen, wann immer er will. Wir werden ihn nach Hause zurückbringen.‹

Alles andere war arrangiert.

Es war nicht vorgesehen, dass ich an der Hinrichtung von Walter Schmidt teilnahm. Seine Hinrichtung sollte kein persönlicher Racheakt sein. Es war nur an der Zeit, dass auch die Menschen des deutschen Reiches, die an nichts beteiligt waren, die von nichts wussten, zur Verantwortung gezogen wurden.

›Der Jude ist wohl Rasse, aber nicht Mensch‹, hatte Adolf Hitler 1923 gesagt. 43,9 Prozent der

Deutschen wählten den Führer der Nationalsozialistischen Deutschen Arbeiterpartei am 5. März 1933 in freien Wahlen zum Reichskanzler.

Und da war natürlich noch der Auftrag, der letzte Wille eines alten Mannes. Ich habe sein Testament gewissenhaft vollstreckt.

Am nächsten Tag fand man Walter Schmidt Senior vor einem Bordell in einer der Seitenstraßen der Hamburger Reeperbahn. Er lag in der Gosse. Sein Genick war gebrochen. Sebastian beherrschte die Kunst, einen Menschen mit einer schnellen Bewegung in den Tod zu befördern. Die Polizei hatte keine Schwierigkeiten, die Verbindungen des Opfers zum Rotlichtmilieu nachzuweisen. In der Zeitung stand, dass es um Waffenschiebereien gegangen sei. Aufgeklärt wurde der Mord nie. Sein Sohn äußerte sich nicht zu den Vorfällen am Abend der Ermordung seines Vaters. Wir gaben dem Sohn ein wasserdichtes Alibi.

Walter Schmidt Junior hatte mein Angebot angenommen. Er ließ sich von unserem Fahrer nach Hause bringen. Ich war nicht mehr Zeuge der Verabschiedung von Vater und Sohn. Ich weiß auch nicht, wie der Sohn die Ereignisse dieses Abends verkraftete. Ich habe ihn nicht wiedergesehen.

XIV.

Ich hatte mein Versprechen gehalten; ich hatte den Auftrag meines Großvaters ausgeführt.

Ich verließ das Land, fluchtartig, nicht weil ich etwas zu befürchten hatte. Ich konnte dieses Deutschland einfach nicht mehr ertragen. Am Flughafen Tel Aviv mietete ich mir ein Auto. Am liebsten wäre ich sofort nach Elath hinuntergefahren, aber es gab etwas, das ich vorher erledigen musste. Ich machte mich auf den Weg nach Jerusalem. Ich hatte seit mindestens 48 Stunden nicht geschlafen. Die Sehnsucht nach meiner Geliebten, die Hoffnung, sie in den nächsten Stunden in die Arme schließen zu können, hielten mich wach. In der Altstadt von Jerusalem blieb ich im Verkehr stecken. Das Gewimmel auf den Straßen, das Gehupe und Geschreie zerrte an meinen Nerven. Ich parkte mein Auto, ging ein paar

Schritte zu Fuß, hielt ein Taxi an und ließ mich zum Ölberg bringen.

Ich stand am Grab meines Großvaters und betete. Ich legte Rechenschaft ab über meine Taten; ich lauschte, um zu hören, ob er mit mir zufrieden sei. Versunken in die Zwiesprache tauchte sein Gesicht vor mir auf. Mein Großvater lächelte mir zu.

›Ich hoffe, du findest nun Ruhe‹, flüsterte ich ihm zu. ›Schalom, großer Mann. Ich muss zu meiner Geliebten; ich werde dich nicht um Erlaubnis bitten.‹

Ich wusste, dass ihn das ein wenig ärgern würde. Schon wieder eine Schickse? – Ja, Großvater, schon wieder eine Schickse. Was soll ich machen, ich liebe sie. Ich sah sein gutes Lächeln.

Nach diesem Besuch machte ich mich auf nach Elath. Es waren immerhin 300 Kilometer bis ans Rote Meer und nicht einmal die bizarr geformten Sandsteinhügel der Negev-Wüste erhielten meine Aufmerksamkeit. Ich versuchte munter zu bleiben, indem ich mir eine gemeinsame Zukunft mit Margot ausmalte. Wo würden wir leben? Sie sollte den Ort wählen. Mir war es egal, ich konnte überall mit ihr glücklich sein.

Je tiefer ich in die Negev eindrang, umso trockener und karger wurde die Landschaft. Trotzdem entlockten hier Menschen dem Boden Früchte und Gemüse, im Norden der Negev sogar Wein. Ich hatte diesen Kibbuz von Zeit zu Zeit Besuche abgestattet. Wenn die Zweifel an meiner Arbeit zu groß wurden, brauchte ich die Nähe zu den Leuten, die sich hier quälten, um das Land fruchtbar zu machen. Ihr Anblick gab meiner Arbeit einen Sinn.

›Jauchzen sollen Wüste und Öde,
frohlocken soll die Steppe und erblühen …‹

Jesaia. Die Zeilen formten sich wie von selbst beim Anblick der erhabenen Kargheit; ich erinnerte mich nicht, wie die Verse weitergingen.

Aus dem Nichts tauchte ein Kamel vor mir auf. Ich trat auf die Bremse, gerade noch rechtzeitig. Das Tier zog gemächlich seines Weges, aber ich hatte einen Schock. Jedes Jahr fanden in der Wüste einige Fahrer den Tod bei Zusammenstößen mit frei umherstreifenden Kamelen. Man hatte die Tiere schon mit Phosphorfarbe angemalt, um sie in der Nacht sichtbar zu machen. Am Tag waren sie allerdings weithin erkennbar. War ich eingeschlafen?

Im Kibbuz Yahel, 60 Kilometer vor Elath, zwang ich mich zu einer Pause. Ich wollte auf schnellstem Wege zu meiner Geliebten, aber ich wollte lebend zu ihr. Mit einem Kaffee weckte ich meine Lebensgeister neu. Eine alte Frau reichte mir ein Stück Berches zu meinem Kaffee. Sie strich mit ihrer runzeligen Hand über meinen Kopf und sagte:

›Du siehst müde aus, mein Sohn. Leg dich schlafen. Morgen wird ein besserer Tag.‹

Vielleicht hätte ich auf sie hören sollen, aber meine Sehnsucht machte mich ungeduldig. 60 Kilometer musste die Wirkung der kleinen Mahlzeit vorhalten. 60 Kilometer nur bis Elath, bis zum Wiedersehen mit Margot.

Man hatte Margot in einem der Luxushotels von Elath untergebracht. Als ich den klimatisierten Wagen verließ, schlug mir die Hitze entgegen. Ich zog meine Geschäftskleidung aus, warf den Nadelstreif auf den Sitz, riss mir die Krawatte vom Hals und stürmte die Hotelfestung aus Tausendundeiner Nacht. Hoffentlich hat sie sich hier wohlgefühlt, dachte ich und wusste, wie idiotisch diese Idee war. Wie sollte sie sich wohlfühlen? Unter Drogen gesetzt, gekidnappt, bewacht von Bodyguards, natürlich zu ihrem eigenen Schutz, natürlich – ich erwartete keine Dankbarkeit. Sie war frei, sich zu bewegen, aber im Ungewissen über ihre Lage. Ich hatte sie nicht anrufen wollen, weil die Situation zu kompliziert war, um sie am Telefon zu erklären, die Wahrheit auch zu gefährlich, um sie durch öffentliche Leitungen zu besprechen.

Ich fragte an der Rezeption nach ihrem Zimmer. Keine Margot Sehlbach. Ich Idiot. Hatte ich nicht selbst höchste Sicherheitsstufe angeordnet? Voller Ungeduld sprach ich mit der Zentrale, bekam den richtigen Namen, oder besser den falschen. Sie war nicht in ihrem Zimmer, spazieren am Strand, erfuhr ich. Ich rannte aus dem Hotel, hinaus zum Hinterausgang, über eine Terrasse hinunter an den Strand, wo sich nackte Haut unter Palmen räkelte; der Strand dehnte sich zu beiden Seiten aus; ich entschied mich für links; zog meine Schuhe aus und lief im wasserüberspülten Sand ein paar Hundert Meter, bis ich außer Atem war und heftige Seitenstiche mich stoppten. Ich ließ mich in den Sand sacken, den Kopf auf die Knie fallen und holte tief Luft, bis die Seitenstiche verschwanden. Als ich wieder aufblickte, stand sie vor mir. Ich sprang auf, wollte sie umschlingen, festhalten – für immer. Sie riss die Arme vor ihre Brust, wehrte mit den Händen meinen Versuch ab, als ob sie sich vor mir schützen müsse.

›Margot, verzeih mir!‹

Ihr starrer Blick ließ mich ahnen, dass meine Bitte nicht erhört wurde. Nicht einmal ihren Zorn gönnte sie mir. Ich hätte ihn verstanden. Ich hätte mich gern mit ihr gestritten. Ihre Kälte ängstigte mich.

›Ich muss mit dir reden, ich werde alles erklären.‹

Ich versuchte, ihre Hand zu ergreifen, die sie schweigend zurückzog. Die Ablehnung in ihrem Gesicht wuchs. Vielleicht war es sogar Abscheu. Das war mehr, als ich in meinem Zustand ertragen konnte.

›Was ist mit Walter Schmidt?‹

›Er ist tot. – Ich werde alles …‹

›Ich werde kein Wort mehr mit dir wechseln‹, sagte sie und schaute dabei an mir vorbei, unversöhnlich.

›Margot!‹

Ich versuchte ihren Blick einzufangen. Es war aussichtslos. Sie schaute hinaus auf das Meer und sprach den letzten Satz, den ich von ihr hörte mit abgewandtem Gesicht.

›Ich würde gerne wissen, was jetzt aus mir wird. Schick mir jemanden, mit dem ich reden kann. Und Ariel, falls du so heißt, ich werde auf keinen Fall mit *dir* reden – auf keinen Fall.‹

Sie drehte sich um und ging. Zwei Bodyguards folgten ihr.

Es war das letzte Mal, dass ich sie sah. Alle Versuche, mit ihr Kontakt aufzunehmen, scheiterten. Ich habe es unzählige Male versucht, unzählige Male. Ich würde es immer wieder versuchen, wenn ich an einen Erfolg glaubte.«

Er schwieg. Ich wusste, dass wir nun am Ende seiner Geschichte angekommen waren, also schwieg ich auch. Ich glaube, er hatte mich nun tatsächlich vollkommen vergessen. In Gedanken versunken, blickte er auf seine Hände, hob sie in einer hilflosen Geste und ließ sie wieder sinken.

»Ich denke immer an dich, Tag und Nacht«, murmelte er. Dieser Satz war nicht mehr für mich bestimmt.

Warum erhörte sie ihn nicht? Ich wusste, was ich zu tun hatte. Ich würde ein Buch schreiben, so anrührend, dass es ihr Herz erweichen musste. Ich hatte eine Aufgabe, und ich konnte es kaum erwarten, sie zu beginnen. Ich löste mich heraus aus der Erstarrung der letzten Stunden. Mein neues Ziel gab mir die Kraft. Ich sprang auf.

Er schreckte hoch.

»Du gehst?«

»Ja.«

»Und – wirst du das Buch schreiben?«

»Ja. Sag mir eines, warum betrittst du dieses Land überhaupt noch? Ist sie, ich meine, ist Margot hier irgendwo?«

Er nickte.

»Ich schreib dein Buch«, sagte ich. Wann hatten wir angefangen, uns zu duzen? Ich wusste es nicht. Es fühlte sich richtig an.

Ich umarmte ihn. Seltsamerweise hatte ich die Kraft, das zu tun. Ich liebte ihn, aber ich wusste, dass ich seiner Liebe zu Margot nichts entgegenzusetzen hatte. Ich ging.

ENDE

Maren Friedlaender, Olaf Müller
Die Macht am Rhein
Kriminalroman
251 Seiten, 12 x 20 cm
Paperback
ISBN 978-3-8392-2474-8
€ 13,00 [D] / € 13,40 [A]

Ein Mann liegt tot in einer Pferdebox auf der Rennbahn Köln-Weidenpesch. Wer ist der Mörder des Aachener Medienzars Verhülsten? Notgedrungen kooperieren Kommissarin Rosenthal aus Köln und Kommissar Fett aus Aachen. Eine Spur führt sie zu vier aufrechten Politikern, die das zerfallende System unter Kanzlerin Merkel umtreibt. Zeitgleich erschüttern Bauskandale Aachen, Bonn, Köln und Düsseldorf. Hatte Verhülsten seine Finger im Spiel und musste deshalb sterben?

GMEINER SPANNUNG

WWW.GMEINER-VERLAG.DE
Wir machen's spannend